Una luz en los Volcanes

LIGIA VONBLON

2017

Una luz en los volcanes
© Ligia Vonblon
  ligiavonblon@hotmail.com
  2017

ISBN: 978–958–48-1206-3

Diseño y Diagramación
Leo Ediciones
Santiago de Cali, Colombia
www.leoediciones.com
e–mail: leoediciones1@gmail.com

Impreso por: Image Impresiones S.A.S

Impreso en Colombia
Printed in Colombia

*A mis hijos,
Lisandro y Hernán
quienes han
compartido
intensamente conmigo
esta aventura literaria.*

Contenido

Nota de la autora

Esta novela narra los extraordinarios eventos sucedidos a una familia de Cali, Colombia, durante los tiempos aciagos que ha padecido nuestro país, de norte a sur y de este a oeste, por cuenta de grupos subversivos que tuvieron, y tienen todavía, a toda una nación secuestrada por el miedo. Sobra decir que los gobernantes elegidos por varias generaciones de colombianos, no han sido capaces de devolver la tranquilidad a sus habitantes. Pablo, el personaje principal de este relato, nos muestra en su narrativa todos esos aspectos —a veces incomprensibles— de la condición humana y los sucesos inesperados que llegaron a su familia y a su vida por causas imprevistas, tal como si hubiesen sido programados por un enemigo sin Dios ni ley. Pero el lector será también testigo de su creativo renacimiento, basado en una lógica de pragmatismo, determinación y pasión. Su relato lo comienza y termina con los manuscritos de su madre, quien tenía la costumbre de escribir en una libreta de estudiante, a manera de un diario, apartes literarios de sus autores favoritos, como también los eventos importantes que sucedían en el seno de su familia. Según ella, sus escritos fueron una terapia necesaria para lograr consolarse de los infortunios que fueron llegando a su vida y justificar de alguna manera los secretos de familia que creyó imperativo guardar.

La vida de Pablo es una saga de altibajos; una existencia marcada desde antes de su nacimiento por un providencial suceso y, por eso que llamamos destino, en una peregrinación nunca imaginada Pablo va a dar a la región de los resguardos de Chiles y Cumbal, al sur de Nariño, en tierra de volcanes. Allí empieza su curiosidad-por los volcanes y por la geología, lo mismo que su vida sentimental marcada por inusitados sucesos que su madre compara en su diario con los narrados por Giovanni Boccaccio en su novela romántica *Filocolo*.

Capítulo 1

Del manuscrito de mi madre

Tema de un secuestro

En *La Argelina,* me despertaron los ladridos de un perro y por un instante creí estar en medio de un sueño. Pero, no, ¡no era un sueño! *Toto,* el perrito de Adrián ladraba por allá, en la pieza de Asunción. Miré el reloj en la mesa de noche, faltaban siete minutos para las doce; había dormido apenas una hora larga. Fui al baño del pasillo y de regreso a la alcoba escuché un eco de voces que venía del corredor de la casa. Dominando mi temor caminé con sigilo por el pasillo hasta llegar a la puerta principal que da al corredor y escuché claramente voces desconocidas. Regresé a la alcoba y desperté a Daniel.

—¡Hay unos hombres en el corredor! —le dije asustada.

—Quédate tranquila, voy a averiguar cuántos son —me contestó alarmado.

—Son guerrilleros —murmuró en voz baja a su regreso con gesto de intensa preocupación—. Ojalá estén de paso y se vayan a la madrugada. Alcancé a ver unos cuantos sentados en el corredor y a otros recostados sobre sus mochilas bajo las acacias del parqueadero.

Presa de angustia, me dirigí a la recámara de mis hijos para despertar a Pablo y luego a Rocío; les expliqué que afuera había guerrilleros y que era prudente que viniesen a mi alcoba sin hacer ruido. Pregunté a Daniel si debíamos despertar a Asunción y decidimos que era lo mejor. Al entrar a su alcoba, la encontré sentada en la cama tratando de acallar a *Toto,* el perrito de mi hijo.

—Hay guerrilleros en el corredor —susurré para no despertar a Adrián que dormía profundamente en la otra cama—. Vamos a esperar en silencio hasta la madrugada, quizás se vayan como pasó antes. Trata de dormir, yo me llevo a *Toto* a mi recámara.

—Esta vez es diferente, mi niña. ¡Este es un grupo de malos! —dijo Asunción trémula, y añadió—: busque y agarre la piedra, no la suelte.

Se refería a una piedra burda de amatista que correspondía al mes de septiembre de mi nacimiento, según un calendario indígena y que según se creía, poseía poderes sobrenaturales.

Daniel siguió sentado en la cama, Rocío en un sillón y Pablo en otro. Las luces apagadas. Cobijé a mis hijos y les rogué que tratasen de dormir.

* * *

Este primero de agosto se cumplieron dos meses de nuestro arribo a *La Argelina,* una finca campestre en la región de Silvia, departamento del Cauca, que heredó Daniel de sus padres. Toda mi familia estaba allí pasando las vacaciones de verano, menos Jimena, mi hija mayor, que se quedó en Manizales adelantando las materias que necesitaba para su cuarto semestre de veterinaria. Rocío, mi segunda hija, había terminado el segundo semestre de psicología en la Universidad Javeriana, y Pablo, el cuarto de mis hijos, acababa de recibir su grado de bachiller y se aprestaba a ingresar en septiembre a la Javeriana de Cali para iniciar Leyes.

La casa de la finca ya tiene sus añitos, pero luce todavía acogedora con sus amplios corredores y ventanales que dan a una pequeña plaza adoquinada flanqueada por acacias. Está situada no muy lejos de una carretera que une algunos poblados en la región de Silvia. En la parte trasera, al suroeste, está el establo y un gallinero; un poco más allá, un potrero dividido por alambrados para las pocas vacas y caballos. No muy lejos, entre un bosquecito de altos eucaliptos y pinos, está la casita de Eustaquio y su familia; un pequeño arroyo bordea por un buen trecho la propiedad hasta perderse en tierras de otros dueños.

Eustaquio Torres y Hortensia, su compañera, vinieron desde el Huila a la región de Silvia en el Cauca en busca de trabajo en las fincas del lugar y fueron contratados como mayordomos de *La Argelina* por los padres de Daniel, los primeros propietarios. Aquí han vivido desde aquel entonces. Su casita, de dos piezas, cocina y baño, ya existía cuando Daniel heredó la finca pero necesitaba reparación. Él hizo modernizar la cocina y el baño, construyó una pieza más y pintó todo de amarillo con lo que le dio un toque muy pintoresco y alegre. Eustaquio siempre estuvo encargado del cuidado de los jardines y de los animales. Hortensia ayudaba en los menesteres de la casa cuando visitábamos la finca en Semana Santa y en la temporada de verano.

En *La Argelina* nacieron los tres hijos de la pareja quienes, al hacerse jóvenes, fueron a trabajar a veredas cercanas y allí se enamoraron y se casaron. Al momento, Eustaquio y Hortensia tienen tres nietos varones y una nieta.

La casa grande de *La Argelina* también debió ser reformada: se modernizaron la cocina, los baños y los pisos y se hicieron closets en las alcobas. Esta es una casa muy atractiva para pasar con mis hijos las vacaciones escolares en este clima tan agradable de Silvia, cuando el calor del verano en Cali se torna insoportable. Este año, Daniel nos acompañó los fines de semana durante el mes de julio y en el resto de las vacaciones.

* * *

En esa noche de luna menguante el tiempo transcurría con lentitud. Imposible volver a conciliar el sueño. Una gran incertidumbre tenía ocupada nuestra mente. "¿Qué se traerán entre manos estos guerrilleros?", me preguntaba una y otra vez.

A las cinco de la mañana golpearon la aldaba de la puerta principal. Daniel se puso una levantadora y apresurado se dirigió al corredor. Pisándole los pasos me escurrí detrás de él y al llegar a la puerta le dije:

—Deja que yo abra, tú quédate atrás, puede que con las mujeres sean más ecuánimes.

Así lo hizo. Abrí la puerta con sigilo y me topé con el frío de la madrugada. Un hombre y una mujer estaban allí, en el corredor, frente a la puerta.

—¿Que se les ofrece? —pregunté al tiempo que cerraba un poco la puerta tras de mí.

—¿Es usted la dueña de *La Argelina?* —preguntó la mujer con voz autoritaria.

—Sí, —le contesté y pregunté de nuevo tratando de ocultar mi temor—: ¿qué se les ofrece?

—Quiero hablar con su marido… ¡el jefe! —dijo el hombre, en tono altanero.

—Él no está, tuvo que regresar… a…

—¡Aja! —Interrumpió—. No me venga con cuentos, doña, los tenemos vigilados por semanas, aquí y en la ciudad. No complique las cosas… Llame a su marido, queremos hablar con él.

—Y si lo saben ¿para qué preguntan? —les increpé, esta vez molesta. Empujé la puerta para entrar, y en ese momento salió Daniel y les dijo:

—Aquí estoy, díganme ¿qué es lo que necesitan de nosotros a estas horas?

—Nada más y nada menos…, quiero que desocupen el rancho ¡pero ya!...! Ya! Soy el comandante de este pelotón —replicó el guerrillero amenazante.

La mujer intervino:

—Les damos cuatro horas para largarse. Somos treinta y necesitamos la casa para estar en esta zona. ¡Váyanse cuanto antes!

Daniel se encabritó:

—¡Un momento! ¿Cómo se atreven a ordenarme que les deje la finca?

—No alegue… ¡Carajo! ¿O es que quiere que nos llevemos a su hija Rocío y a su hijo Pablo? ¿No es así comandante?

15

—Voy hablar con mis hijos y mi esposa. Ya regreso —dijo entonces Daniel en tono conciliatorio.

—No tiene nada que hablar con ellos. Tienen cuatro horas para irse, a partir de este momento —le refutó el tal comandante con voz airada.

—¿Y el mayordomo y su mujer? — preguntó Daniel preocupado por su suerte.

—Esos indios se quedan…, y no se le ocurra a usted telefonear a nadie, la pagarían sus hijos.

Empezó un amanecer marcado por la incertidumbre y la falta de opciones para conjurar el peligro. Un peligro que nos hizo sentir indefensos ante el atropello del tal comandante y sus treinta guerrilleros armados. En cuatro horas teníamos que dejar la casa, nuestra casa. Les dije a Asunción y a mis hijos que teníamos solo cuatro horas para tener todo listo y salir de la casa. No podríamos llevar sino lo más necesario. Rocío escuchó atemorizada y Pablo protestó en alta voz que debíamos llamar a la policía. Les explicamos la situación, no había nada que hacer, porque llamar a la policía o al ejército de nada serviría; desde que ellos andaban tan cerca de Silvia era porque no había ninguna autoridad en las cercanías y ningún *chulo,* como ellos llamaban a los uniformados del Gobierno.

Daniel salió en busca de Eustaquio y su mujer. Ellos tampoco habían dormido y esperaban ansiosos que se fuera la cuadrilla guerrillera. Daniel les comunicó la orden del guerrillero barbudo y les pidió que velaran por la casa y los animales que quedaban, sobre todo por los caballitos de Pablo y Rocío. Les manifestó que se cuidaran de no provocar tragedias. Y que cuando se fuera toda esa gente, lo llamaran de inmediato a la ferretería.

En el corredor de la casa y debajo de los árboles estaban acomodados los guerrilleros vestidos con uniformes y gorras de camuflaje a la espera de nuestra salida para ocupar la casa. Un grupo de hombres y mujeres jóvenes, en su mayoría indígenas y campesinos, formaban la tropa; llevaban morrales y fusiles, exhibiendo una actitud socarrona de importancia a pesar de su evidente cansancio.

Dejamos muchas cosas en bolsas para que Eustaquio las guardara en su casa y después de tomarnos un café a las volandas, a las nueve de la mañana salimos para ocupar la camioneta.

Un grupo de la guerrilla se acercó a nosotros cuando Pablo y yo ayudábamos a entrar a mi hijo Adrián al asiento trasero del carro. Asunción entró por la otra puerta para sentarse a su lado. Rocío ya estaba dentro del carro al lado de su padre y tenía a *Toto* a sus pies. En ese momento, dos hombres del grupo se aproximaron a la camioneta, cogieron a Pablo de los brazos y lo hicieron a un lado.

Con Daniel corrimos aterrados hasta el corredor donde estaba el comandante sentado en la baranda gozando de tan infame espectáculo. Le imploramos dejar libre a nuestro hijo. El barbudo comandante, con gesto cruel y odio en sus ojos, nos dijo:

—Pablo se queda. Lo necesitamos para que ustedes no nos delaten; los conozco a ustedes ¡hijos de…!

—¡Por Dios, madre! ¡Váyanse! ¡Sálvense! ¡No quiero que los maten! —gritó Pablo desesperado.

Mientras tanto, dos guerrilleras abrieron la puerta del carro y sacaron a la fuerza a mi pobre hija que gritaba aterrada. Asunción estaba como en trance. Adrián, que no entendía mucho lo que estaba pasando, miraba de un lado a otro sobándose los muslos, algo que hacía cuando estaba nervioso. *Toto* ladraba dentro del carro.

Daniel al ver que tenían a Rocío se enfureció y le mostró los puños al comandante. Uno de sus hombres le dio con la culata del fusil en la cabeza y Daniel cayó al suelo inconsciente. Los guerrilleros aplaudieron y soltaron carcajadas. Otros nos insultaban.

—Si no quiere ver muerto a su marido, es mejor que se lo lleve, doña, pero ¡ya! ya! —gritó el barbudo comandante y luego dio la orden de que soltaran a Rocío. Ella corrió a meterse en el carro.

Daniel seguía todavía inconsciente en el piso hasta que por orden de la guerrillera dos hombres lo arrastraron hasta el carro y luego lo empujaron al lado de Asunción que estaba a punto de colapsar. Rocío lloraba desconsolada, muerta de miedo, con la cabeza entre las piernas tratando de esconderse.

Antes de partir busqué a Pablo con la mirada, no lo vi. El miedo, la rabia, el dolor se habían apoderado de mí; me sentía impotente, humillada; una nada. Conduje el carro por esa carretera que se supone conocía demasiado, pero como un autómata iba pasando kilómetros y kilómetros. Tenía los ojos nublados por las lágrimas y no podía distinguir si conducía por la carretera correcta hacia Cali. Asunción, aterrada, rezaba algo que ni ella entendía.

A medio camino, Daniel empezó a recobrar el conocimiento y se quejó del terrible dolor de cabeza que sentía. La verdad es que no sé cómo llegué a nuestra casa en *La Riverita*, al sur de Cali. Todo lo que había pasado me parecía una horrible pesadilla. Me sentía vacía. Antes de entrar a la casa miré al cielo:

> *Señor: mi Pablo solo tiene diez y siete años...*
> *¿por qué su existencia se ve amenazada otra vez?*
> *Ayúdame a conjurar esta pesadilla...*

Conjeturas

El ambiente en *La Riverita* se tornó conventual porque el tema del secuestro de Pablo que tratábamos de no tocar, se escondió detrás de las puertas y paredes, en los cortinajes, en los closets... pero sobre todo, en nuestro corazón y en nuestra mente... Era como si nuestra vida se hubiera quedado en suspenso. No pronunciábamos palabra, pero cada uno de nosotros sabía lo que el otro estaba pensando.

Para mí, escribir estas páginas ha sido un gran escape, una especie de catarsis, pero hasta ahora no sé cómo calificar esa mañana, esos terribles instantes del secuestro de Pablo. Solo sé que ese fue el día más doloroso y fatídico de mi existencia. Un dolor extremo. Creo que una madre puede llegar a morir por la tragedia que le ocurre a uno de sus hijos... Esa noche, yo hubiera podido morir de sufrimiento. ¡Ya no podía más! Solo me quedaba llorar y llorar abrazada a la almohada de mi hijo.

En los días que siguieron, una cadena de recuerdos se apoderó de mi mente. Aferrada a esos recuerdos de tiempos mejores, trataba de consolarme: la celebración de su graduación de bachiller y la del día siete de julio cuando cumplió diez y siete añitos. Para ese día Asunción confeccionó una torta de chocolate y fresas, su preferida; el regalo de su padre: un caballo blanco llamado *Fontanero*.

La felicidad desbordada de Pablo al recibirlo motivó que se acercara a su padre y lo abrazara como nunca antes lo había hecho. Por eso precisamente, para que recibiera ese regalo, nos arriesgamos a visitar la finca y disfrutar del campo durante todo el verano, como lo hacíamos en otros tiempos.

Para Daniel y para mí, el secuestro de Pablo fue algo nunca imaginado. No sabíamos cómo paliar la tristeza, la ansiedad, el desasosiego… Experimentábamos una gran incertidumbre. La primera semana, en las noches sin sueño, intentábamos ser optimistas y pensar que si la guerrilla lo había tomado como rehén podíamos albergar la esperanza de que se comunicarían con nosotros en algún momento para pedir dinero o lo que fuese. Pero transcurrieron los días y los meses y pasó un año, y nada ocurrió. No recibimos ninguna llamada, ninguna carta pidiendo rescate. Entonces, el dolor se hizo parte de nuestras vidas. Allí estaba, constante, como un tumor en la cabeza, en el corazón, en el alma. Lo sentíamos día y noche. A veces llorábamos en silencio, tratando de esconder nuestra angustia pero había momentos en que nos abrazábamos para seguir llorando. No había nada más que hacer.

En la intimidad de la alcoba, en las noches sin sueño, mil veces nos preguntamos si no sería mucho más sabio contactar a la policía. Pero los guerrilleros habían amenazado llevarse a Rocío si los delatábamos. Estábamos en una encrucijada sin saber qué hacer; no queríamos perder a nuestra hija. El síndrome del miedo hacía sus estragos. Después, cuando se fue la guerrilla de *La Argelina*, pensamos que era tarde para dar aviso a las autoridades. Para ese momento ya habíamos perdido también a Jimena, nuestra hija, aunque todavía no lo sabíamos.

En esas noches sin sueño pensé mucho en Pablo y en cómo sería su nueva vida al lado de sus captores, esos monstruos nómadas de la selva. Lo imaginaba allá, en ese monte, por donde ellos caminaban y caminaban sin descanso, huyendo, huyendo siempre, en busca de algo que ni ellos mismos sabían. Quizás, me decía, llegará un día en que al fin se detendrán y recapacitarán en que esa vida que llevan es elusiva; que son un ejército de zombis persiguiendo una fantasía, un falso paraíso prometido por aventureros sin escrúpulos con títulos de idealistas.

En medio de mi insomnio cavilaba, esperanzada, que quizás como Pablo era tan joven, existía la posibilidad de que quisieran adoctrinarlo para unirlo a la guerrilla. Quizás lo dejaron en el grupo de ese comandante de barbas ralas y descuidadas con facha de Quijote, que tuvo la crueldad de separarlo de nosotros. En ese año de espera, imaginaba a Pablo vestido con ropa de camuflaje y botas de caucho, cargando fusil y morral, sudoroso y desnutrido, subiendo y bajando montañas o internándose por caminos húmedos de la selva seguido por enjambres de zancudos, o a la orilla de un río lavando su ropita, o cargando leña…

> *La mente puede convertirse en una tortura, pero también en un refugio para nuestro dolor. ¡Dios mío! Tantas suposiciones forjadas por mi mente para consolarme!*

Con Daniel recordamos un día una conversación que tuvimos durante la cena semanas antes del secuestro de Pablo.

En esos tiempos había muchos secuestros en el Valle y en Antioquia, pero pocos en el Cauca. Pablo había comentado:

—Si me secuestran cuando vaya a Silvia no vayan a pagar nada por mí. Yo me haré pasar por uno de ellos hasta ganar su confianza y después me fugaré.

Asunción se bendijo:

—¡Uy!... no diga esas cosas Pablito, que se me pone la piel como de gallina.

En nuestro caso sabíamos que allá, en las cordilleras del Cauca y del Valle pululaban los grupos guerrilleros y que estos de vez en cuando hacían entradas esporádicas a los pueblos y a las fincas con el fin de reclutar gente joven y conseguir víveres y remedios. Su aparición por los lados de Silvia llegó más tarde. Desde ese momento fue imposible viajar por la carretera entre Cali y Popayán, por los famosos retenes de la guerrilla.

Por todo esto, Daniel evitó visitar la finca durante meses. No obstante, en junio, durante las vacaciones escolares de fin de año nos aventuramos a pasar el verano en *La Argelina*. Sabíamos de los problemas con la guerrilla en el Cauca, pero queríamos celebrar el cumpleaños de Pablo en la finca para regalarle el caballo que tanto deseaba. Mis hijos recibieron la noticia con gran alegría y yo por mi parte, pensé también que a Adrián le sentaría pasear por el campo y respirar el aire puro de la campiña. Ahora, al mirar en retrospectiva, veo que esa fue una pésima decisión. Un lamentable error…

Una vez allí, Asunción, que tenía algo de vidente, nos confió en determinado momento:

—Desde que llegamos, siento una extraña inquietud… veo sombras siniestras, nada buenas, que rodean la casa.

—Es tu imaginación Asunsa. No les metas miedo a mis hijos —la amonestó Daniel.

La pobre Asunción se quedó callada y bajó la cabeza sin atreverse a mirar a nadie en la mesa. Se había prometido no volver a decir nada acerca de visiones esotéricas delante de Daniel. Conmigo era otra cosa, porque yo sí la escuchaba con atención. Siempre he creído que ella está dotada de un don especial de percepción ultra sensorial.

Asunción vino a formar parte de nuestra familia desde el primer año de vida de Adrián. Ella tenía apenas 17 años, el día que la trajo su abuela de Coconucos, una pequeña población del Cauca en las faldas del volcán del mismo nombre. Había salido del velorio de su joven compañero Fidel Alcántara que murió en una emboscada realizada por la guerrilla al puesto de policía de la región. Él fue una de las numerosas y anónimas víctimas de la violencia que azota los campos en el Cauca. La recibí, a pesar de que lucía anémica y estaba muy delgada. Tenía la piel bastante quemadita por su mestizaje indígena y el cabello lacio muy negro y largo. Llamaban la atención sus ojos alargados de mirada triste. En este, su primer año en la casa de *La Riverita*, le enseñé a leer y a escribir y luego la mandé a la escuela hasta terminar la secundaria. Más tarde, aprendió a coser, a tejer y a bordar y tomó un curso de pastelería. Era muy despierta y aprendía con entusiasmo todo lo que se le enseñaba.

Desde un principio se encariñó con mi hijo Adrián. Su bondad, su paciencia y su determinación fueron en extremo beneficiosas para el bienestar de mi hijo. Ella se encargó de sus alimentos y de su terapia y finalmente le trajo a *Toto* para que Adrián se encariñara con el perrito y tuviese algo que fuese de él y aprendiera a tratarlo y cuidarlo. Esa fue la mejor terapia que se inventó para mi hijo, que desde ese día consideró al perrito como algo muy especial que llegó a su inocente vida; así como la lluvia, fue *Toto* para él. A mi hijo la lluvia lo hacía feliz y cuando llovía, pedía que lo sacáramos al jardín para recibirla en su rostro.

Adrián cumplió veinte años el pasado mes de abril. Llegó a esta edad con el cuerpo de un hombre y la mentalidad de un niño. Todavía hay que recordarle el aseo personal y un sinfín de cosas, así como ayudarlo con su vocabulario deficiente. Pero siempre nos brinda una sonrisa y sus ojos brillan cuando le devolvemos la sonrisa. *Nona,* fue el nombre que le dio a Asunción; yo soy *Ma* y Daniel, *Pa."*

En La María

"Han pasado algunos meses desde ese fatídico día de agosto. Daniel, llena su tiempo con su rutina de trabajo en la ferretería; Rocío con sus estudios de tercer año de Universidad. Para mí, ocupar el tiempo ha sido casi que imposible. Últimamente, he buscado refugio en el sofá del estudio, para entretener mi mente leyendo y escribiendo. Desde el tiempo en *La Argelina* empecé a leer la novela *Bajo el volcán*, del escritor Malcolm Lowry, ambientada en México, en las faldas del volcán *Popocatépetl,* una novela regalo de mi padre para leer en las vacaciones. Aquí la tengo conmigo para continuar leyéndola. Pero mientras leo mi mente vuela a Pablo; lo veo en secuencias y no puedo concentrarme en la lectura. En las noches, el descanso no llega y me valgo de estratagemas varias para tratar de conciliar el sueño: el agua de manzana, de limoncillo, la valeriana, contar ovejas, contar al revés, viajar con la mente. Todo resulta inútil, Mi mente está secuestrada al igual que mi hijo.

En *La Riverita,* el cuarto mes pasó como los otros, sin noticias de Pablo, sin esperanza alguna, sin ningún alivio a nuestras penas. Agobiada por la incertidumbre, una mañana, a fines de noviembre, me fui a la iglesia de *La María.* La iglesita rústica que también fue víctima de la guerrilla un domingo mientras se celebraba misa. Los guerrilleros, valiéndose de engaños, se llevaron a todos los feligreses en buses, con el fin de extorsionarlos.

El día de mi visita, la iglesia estaba desierta. Reflexioné que quizás la gente aún recordaba lo sucedido y que pocos se animaban a visitar ese templo. De rodillas frente a Jesús crucificado, le pedí desde lo más profundo de mí ser que protegiera a Pablo allá en su cautiverio y que un día lo trajera con vida de nuevo a mi lado. Allí, en ese ambiente de soledad, me senté en una de las lustrosas bancas para contarle al crucifijo anécdotas de la vida de mi hijo y de mi familia. Necesitaba desahogarme de alguna manera, como cuando se le habla a un psiquiatra.

Asistir a la iglesia se hizo para mí una necesidad. En una de mis últimas visitas me pareció extraño observar a un hombre de cierta edad, sentado en la misma banca donde yo me sentaba cada día a platicar con Jesús crucificado. Al sentir mis pasos, el hombre miró hacia atrás y luego se levantó, e hizo la genuflexión como para retirarse. Creí que se había marchado, pero para mi sorpresa, cuando yo iba a dejar la iglesia, me di cuenta que aquel hombre estaba sentado en la última banca, no lejos de la gran puerta de salida.

Al verme salir, se levantó y se presentó:

—Soy el padre Rogelio y la he esperado para que me hable de su pena para poder ayudarla con mis oraciones —me dijo invitándome a sentarme a su lado— Sé que su tristeza es muy grande, pero esconderla no la va ayudar a encontrar consuelo.

En la mística soledad de la Iglesia, sentí que esa persona era una respuesta a mis oraciones y después de saludarlo, empecé por decirle mi nombre:

—Amparo Murcia de Arrollave, madre de cuatro hijos, padre —le dije. Y a continuación le hablé del terrible dolor que sentía por mi hijo secuestrado.

El padre Rogelio me preguntó si habíamos informado ya a las autoridades acerca del secuestro. Le expliqué que no lo habíamos hecho por miedo, porque amenazaron con llevarse a una de mis dos hijas. El padre escuchaba en silencio, mientras yo continuaba mi relato, pero esta vez argumentando:

—Padre, yo no entiendo los propósitos de esos grupos guerrilleros. ¿Cuál es en realidad su ideología? ¿Por qué hacen daño a gente que nada tiene que ver con sus conflictos? Somos compatriotas, hijos de un mismo país. ¿Por qué causan tanto sufrimiento? No entiendo por qué en nuestro país existen estos grupos… En los otros países de Suramérica y en América Central no operan guerrillas. A veces pienso que todo este es solo una clase de negocio y nada más. Un negocio sucio, muy sucio basado en la droga que para mantenerse necesita un ejército de parias armados. ¿Con qué fin se llevaron a mi hijo Pablo? Hasta ahora no han pedido rescate, nada. ¡Padre, se lo suplico, ayúdeme a pedir a Dios por mi hijo!

El sacerdote me escuchó con paciencia y cuando terminé sacó de un misal que tenía en las manos, una estampa de la Virgen del Socorro y me la entregó diciéndome:

—Pídale a la Virgen que la ayude a mitigar su pena. Ella también es madre y comprende su dolor. Ese dolor que usted siente también lo sintió ella y más intenso todavía, porque sacrificaron a su único hijo y en su presencia lo martirizaron y lo clavaron a una cruz. Dígame, Amparo, ¿por qué cree que existen estos grupos en nuestro país?

—Hay hombres que admiran la revolución de Castro en Cuba. Pero no tienen en cuenta que en Cuba había una dictadura y aquí no, porque los presidentes son elegidos por votación. El gobierno de nuestro país no se puede comparar con los gobiernos que hubo en Cuba, en Rusia, en China… He leído, padre, que el ejército colombiano ha estado combatiendo la violencia desde 1946 hasta hoy y según parece lo seguirá haciendo mañana y pasado mañana y quién sabe hasta cuándo, porque se volvió una especie de deporte de cacería, de parte y parte. No solo existen los grandes narcoterroristas, hay otros grupos de insurgentes y a ellos se suma la inseguridad, la violencia común y el narcotráfico…. Hasta aquí, padre, a la propia casa de Dios, ha llegado la violencia. ¡Tantas calamidades! Parece que una plaga, un virus letal se ha adueñad de Colombia, tal como una de esas maldiciones de que habla la Biblia. Nuestra propia familia ha sido víctima de esa violencia, de ese desprecio por la vida humana.

—Hay que tener fe, hija, y pedir a Dios porque un día se termine todo este gran dolor que sufre nuestra pobre patria —replicó el padre cuando terminé de desahogarme, y añadió—: Dios traerá consuelo a tu alma. Ten fe.

Le di las gracias por haberme escuchado con tanta paciencia y le dije adiós. No lo volví a ver. En una ocasión le pregunté a uno de los jóvenes ayudantes en la Iglesia por el padre Rogelio, pero nadie lo conocía. Esto me pareció extraño.

Decisión irreflexiva

Cuando mi hija Jimena vino en diciembre a *La Riverita* a pasar las navidades, Daniel y yo decidimos confiarle lo ocurrido en *La Argelina* en ese nefasto día de agosto. Por cierto, ya habían pasado cinco meses, sin tener noticias de Pablo. Al enterarse del secuestro de su hermano, Jimena se disgustó terriblemente con nosotros por no haberle informado antes algo tan importante y penoso para la familia. A Rocío y a Asunción también les reclamó por su silencio. Daniel trató de apaciguarla explicándole que evitamos darle esa noticia porque pensamos que quizás algo tan doloroso interferiría de una manera negativa en su psiquis y hasta en sus estudios. Además, argumentamos, ella tampoco podía hacer nada.

Dominada por la pena, Jimena se encerró en su alcoba para llorar a su hermano. No quiso hablar con nadie. Al despedirse, de regreso a la Universidad, prometió que ella sí haría algo por su hermano. No entendimos en ese momento qué quiso decir con esas palabras. Solo más tarde nos enteraríamos de que había tomado una decisión irreflexiva y a nuestro modo de ver, equivocada.

Dos meses pasaron sin recibir noticia alguna de nuestra hija. Llamamos a su amiga Camila con la que compartía el apartamento en Manizales y ella nos prometió decirle a Jimena que llamase a *La Riverita*. Como no obtuvimos ninguna respuesta, seguimos llamando y preguntando hasta que Camila, sintiéndose acosada, nos dijo que Jimena se había ido en enero del apartamento, y que había dejado una nota despidiéndose. No le dijo adónde iba. Tampoco la había vuelto a ver en la universidad. Pero eso no le extrañó porque Jimena le había comentado antes de irse que pensaba dejar la universidad por un tiempo.

—¿Y su ropa y sus libros? —pregunté alarmada

—Ella se llevó todo —fue la escueta respuesta.

Por pura intuición, sospeché que quizás sus cosas estaban en el closet de su alcoba. Corrí a su recámara y sí, en su closet encontré una maleta llena de ropa y unas cajas con libros. Cuando abrí la maleta, encima de la ropa había una carta para Daniel y para mí. Averigüé con la servidumbre si Jimena había venido a la casa. Nadie la había vuelto a ver en la casa desde diciembre, su última visita. Llamé a Daniel, porque no fui capaz de abrir la carta para leerla.

En la carta con fecha 20 de enero, Jimena había escrito:

"Mis queridos viejitos: después que me enteré del secuestro de mi hermano, no tuve vida. He tomado la decisión de ir a buscarlo. Deben pensar ustedes que es una locura mía, pero no. Lo tengo bien planeado: iré a Silvia a buscar a esos malvados. Con un nombre supuesto me uniré a ellos de alguna manera como simpatizante de la guerrilla y de su causa. Una vez allí, me ganaré la confianza de alguno para que me introduzca al comandante y poder llegar de

esa manera a La Argelina y averiguar así adónde se dirigieron los primeros grupos, porque estoy segura que en uno de esos está mi hermano. Les pido no lloren por mí. Mi carrera queda suspendida por ahora. Les prometo que obtendré mi título de veterinaria a mi regreso. Yo no podría seguir estudiando sabiendo que Pablo está secuestrado. Tampoco podía sentarme a esperar que aparezca. Rece por mí, mamá, mi querida mamá, para que encuentre a Pablo. Los amo con todo mí ser. Jimena"

Los tiempos de angustias y ansiedad pasaban como un rosario para todos en la familia. Pero resulta extraño, que esta ausencia que tanto lloramos al principio y que nos cambió la vida, se estaba acomodando a nuestras vidas de ahora, o viceversa. Los seres humanos estamos hechos para batallar contra las hecatombes que aparecen en nuestro camino y cuando la derrota nos pone a prueba no nos quedamos paralizados. A esos grandes infortunios le vamos buscando salidas optimistas, desafiantes…y hasta quijotescas. Una mañana de domingo durante el desayuno comenté:

—He estado pensando que Pablo con su inteligencia, habrá aprendido ya a sortear las penurias de vivir en el monte. Él tiene la juventud a su favor, además, creció sano y fuerte y aunque no estuvo expuesto nunca a las calamidades de la manigua, sé que va a saber cómo afrontarla, ¡de eso estoy segura! Y Jimena… mi hija aventurera, ¡no se queda atrás!... ella tiene que haber descubierto desde un principio los peligros inmediatos a los que se exponía como mujer en esa selva, y debe haber aprendido a conjurarlos. Tiene el carácter y la inteligencia para estudiar y para afrontar de alguna manera los retos en ese ambiente de la guerrilla.

En lo profundo de mi ser, yo misma estaba sorprendida de lo que decía. Rocío también opinó:

—Espero que Pablo recuerde la vez que en esta misma mesa mencioné algunos casos de sobrevivencia en circunstancias extremas. Leí en un libro de psicología acerca de personas que padecieron el holocausto nazi en los campos de concentración alemanes, durante la Segunda Guerra Mundial. Algunos se salvaron porque acudieron a escapes mentales. Yo creo que si él continúa prisionero, ya debe haber aprendido cómo sobrevivir en la selva y buscará un escape para entretener su mente. Jimena ha tenido siempre un espíritu independiente, con un carácter de determinación y sabrá cómo manejar su situación en cualquier circunstancia. Ella encontrará a su hermano. De eso estoy segura.

Yo sólo atiné a elevar una plegaria: *"¡Señor! ¡Protege a mis hijos allá en la selva!"*

* * *

La misiva de Pablo la trajo Eustaquio cuando la casa de la finca quedó desocupada de guerrilleros en febrero siete. Disculpándose por no haberla hecho llegar antes a nosotros Eustaquio dijo:

—Ya hace un tiempito, encontramos este papel en una jarrita que colgaba del aljibe, cuando esta se cayó y se rompió. Pero pensamos que no era urgente enviárselo. Y sobre la casa les informo que los guerrilleros la desocuparon a medianoche, hace dos días, y solo dejaron mugre. Creo que hay que reemplazar algunas cosas y pintar paredes. Con Hortensia vamos a tener que lavar muchas veces los pisos —concluyó, haciendo un gesto de horror.

En esa ocasión no nos dijo, sin embargo, que en enero Jimena había estado en *La Argelina*. Ella les pidió que la desconocieran delante de los insurgentes y que por favor, no le dijeran a sus padres ni a nadie que ella estaba con los guerrilleros. Ellos todavía estaban allí en *La Argelina* cuando Jimena llegó en un jeep con dos guerrilleros que la llamaron con el nombre de Betina. A los pocos días no la vió más.

Con Daniel leímos la misiva de Pablo, con el corazón en las manos:

> *Querida familia, creo que no van a pedir nada por mí, necesitan bachilleres para adoctrinar a los campesinos. Esto me lo dijo uno de los guardas que me cuidó, después que le regalé ropa mía que todavía estaba en el closet. El tiempo que me tengan, ojalá no sea largo para poder seguir con mis estudios. Mamá querida, no llores por mí, mejor encomiéndame a tus santos. Te prometo cuidarme. Dios quiera que pronto esté con ustedes. Los quiero. Pablo.*

En una segunda visita, Eustaquio se atrevió a contarle a Daniel sobre el episodio de Jimena con los guerrilleros en *La Argelina*. Pero para ese entonces ya sabíamos el destino de mi hija.

* * *

Han pasado cuatrocientos tres días en el *calendario de la espera,* sin tener noticia alguna de mis hijos. Durante este tiempo, celebramos los cumpleaños de Pablo y Jimena con la familia que queda y en ocasiones vinieron mis padres desde Ibagué. Todos alrededor de la mesa nos abrazamos en silencio y cantamos *Happy Birthday*, luego nos servimos la torta de cumpleaños preparada por Asunción. Las lágrimas aún no se habían secado en nuestros ojos, solamente que ahora llorábamos en silencio. Daniel lucía hebras blancas en las sienes y en sus ojos se notaba una tristeza de siglos. Asunción también sufría la ausencia de mis hijos. La noté más ensimismada, callada y pensativa. Sentada en la mecedora de su alcoba, su rostro semejaba uno de esos iconos de santos criollos de las iglesitas de pueblos.

Rocío cursaba su segundo año de Universidad y con deseos de seguir sus estudios en la Javeriana de Bogotá para estar cerca de su novio Eduardo Santiago, estudiante de medicina en la Universidad del Rosario. Mi hijo Adrián se convirtió en un hombre; sin embargo, sus lagunas mentales, su dificultad para hablar, lo encierran más y más en un ostracismo del que no puede salir.

Asunción, tan diligente como siempre, se queja poco de la artritis que afecta sus piernas y sus manos. Por esta razón dejó de tejer por un tiempo. La llevamos a un especialista y le mandó los respectivos remedios para controlar sus crónicas dolencias. Ella sabe que en nuestro hogar encontró una familia que la quiere y que está pendiente de su salud. Para mí, es importante su sensibilidad para ayudarme con Adrián y también ese don que tiene para pronosticar eventos, pero Daniel, escéptico como es, no cree en absoluto en esa facultad especial para intuir el futuro. Su última visión, a manera de sueño, nos la contó una mañana mientras desayunábamos. Al saber de lo que se trataba, Daniel se levantó de inmediato de la mesa. No quería escuchar nada.

—Anoche tuve una visión —repitió Asunción, después que Daniel se retiró. —En la distancia aparecieron dos cerros coronados de nieve, y en minutos los cubrieron unas nubes grises. En las faldas de esos cerros aparecieron dos figuras que subían y subían y luego desaparecieron para volver a aparecer en el mismo lugar. Unos ríos de escarcha blanca bajaban desde las cimas y se iban perdiendo entre matorrales cubriendo todo a su paso. Pablo y Jimena estaban ahí, justo por donde bajaban las turbulentas aguas… yo los llamaba a gritos para que salieran de allí. Pero cuando me acerqué a ellos, Jimena ya no estaba.

Correo de Cumbal

Un correo llegó a la ferretería en un sobre de manila bastante descuidado. Mostraba un prominente sello de la parroquia de San Pedro Apóstol de Cumbal, Nariño. El sobre estaba dirigido a don Daniel Arrollave Marín. "Ferretería La Universal". Cali.

Daniel lo recibió del cartero y cuando lo tuvo en sus manos pareció que el corazón iba a salir corriendo de su cuerpo, porque lo sintió alborotado sin saber por qué. Presintió que ese sobre traía noticias sobre alguno de sus hijos, de allá de la selva. Lo abrió apresurado y entonces se dio cuenta del contenido de la carta y del folleto que venía adentro. Acto seguido llamó a *La Riverita*, luego cerró el almacén y salió presuroso a buscar su carro para dirigirse a la casa. En el comedor lo esperábamos tres ansiosas mujeres sin saber todavía de qué se trataba la misiva. Daniel con manos temblorosas sacó del sobre la carta y el folleto. La carta decía:

Don Daniel:

Me permito presentarme como el actual párroco de la población de Cumbal, en Nariño. Es mi deseo informarle que a mi conocimiento ha llegado la noticia de que un muchacho llamado Pablo, alias "Canija", dice ser su hijo. Se encuentra en San Benito.

Allí trabajó como peón de ganado por unos meses,
pero el muchacho está muy enfermo en un rancho
de la hacienda Tierra Alta, propiedad de la familia
Molina Rueda. Le ruego ponerse en comunicación
conmigo para que usted ordene su traslado a un hos-
pital a la mayor brevedad, porque su estado es muy
grave. Favor llamar a la parroquia lo más pronto
posible, al número: ...... "

Atentamente,
Padre Antonio B. Solarte
Parroquia de San Pedro Apóstol

Al escuchar tan inesperada noticia con el nombre de Pablo, gritamos como locos, nos abrazamos sin poder contener la cascada de lágrimas que bajó por nuestros rostros. Una risa histérica nos invadió por minutos, una alegría sin nombre llenó el exultante ámbito de la casa en *La Riverita*.

—¡Mi hijo está con vida! ¡Con Vidaaaa! —grité emocionada mientras lloraba y reía en un grado de histeria por tan inmensa felicidad, en una euforia que no tenía límites. Asunción, arrodillada y presa de la emoción, repetía conmovida:

—¡Esa era mi visión *de una luz en la montaña!* ¡Esa era mi visión!

En la tarde Daniel llamó a la parroquia pero el padre Antonio no estaba. Le dejó entonces un mensaje con la persona que contestó la llamada:

—Dígale al padre que mañana temprano viajamos a Cumbal.

—¿Y dónde diablos es ese *Cumbal*? —preguntó Daniel tomando el cuadernillo para orientarse, y a continuación leyó en voz alta:

"El Chiles y el Cumbal: dos volcanes que solo tienen nieve en ciertos meses del año, están situados en el Nudo de los Pastos en los límites entre Colombia y Ecuador. Forman parte de un grupo de volcanes ubicados en el departamento de Nariño: Galeras, Azufral, Doña Juana, Cumbal y Chiles. La población de Cumbal está a 3.050 metros sobre el nivel del mar, tiene 37.635 habitantes y de esta población el 93% es indígena. El área urbana asciende a 8.000 habitantes. Cumbal está situada al pie del volcán que le da su nombre. El volcán Cumbal está a 4.760 metros sobre el nivel del mar. Su último terremoto fue en el año de 1923. La población de Cumbal está localizada a 120 kilómetros de Pasto, la capital de Nariño. La parroquia de San Pedro Apóstol tiene su sede en Cumbal".

Esto fue lo más importante que encontró Daniel en el cuadernillo que vino adjunto con la carta, con el fin de orientarnos en un departamento que no conocíamos. Tendríamos que viajar a Pasto y de allí a Túquerres y por último a Ipiales, la ciudad más cercana a los volcanes. A mi mente llegó como un relámpago el libro *Bajo el Volcán* de Malcolm Lowry. Allá en ese lugar de México donde está ambientada la novela existen volcanes mellizos: el *Popocatépetl* y el otro con un nombre étnico difícil de pronunciar. ¡Vaya coincidencia!"

Viaje a Cumbal

En la madrugada salimos en la camioneta rumbo a Pasto. Conocíamos la vía hasta Popayán, pero de allí en adelante todo era desconocido. La ansiedad nos acompañó durante el viaje. Pensé en mi pobre hijo enfermo que quién sabe en qué condiciones vivía. El cura mencionó que había trabajado como vaquero, algo así como un *cowboy*. Pero, ¿por qué? ¿Por qué no nos llamó? Lo hubiésemos buscado de inmediato para traerlo a la casa. Tantas incógnitas por averiguar. Yo no dejaba de pensar: *"¡Señor!, ¡mi hijo está con vida!… ¡Ya salió del cautiverio!"*

Esa región de montañas no la conocía y para mí fue un descubrimiento inesperado. Un paisaje montañoso intercalado con uno que otro vallecito, abismos insondables que mostraban lechos de ríos turbulentos, colinas pintadas con una variada paleta de verdes semejando colchas de retazos. Anunciando la entrada a ciudades y pueblos al lado y lado de la vía, hileras de eucaliptos y pinos. Observé que en los pueblos el clima frío marcaba a sus habitantes de rostros sonrosados con una muy particular manera de vestir: el sombrero de fieltro y la ruana o poncho para paliar ese perenne clima frío. Por todas partes la naturaleza era exuberante, se veía un ganado muy sano pastando en los potreros; en las calles empedradas de los pueblos, las casas típicas de adobe y tejas y la iglesia como estructura dominante en una placita empedrada. Ciudades como Pasto al pie del volcán Galeras; Túquerres al pie del Azufral y el Doña Juana más allá en montañas inaccesibles. Ipiales activa, floreciente, progresiva. ¡Vaya! ¡Todo un descubrimiento!

En Ipiales nos quedamos esa noche para madrugar a Cumbal al siguiente día. Daniel llamó al padre Antonio y le comunicó nuestra decisión. Temprano en la mañana salimos en busca de guantes y abrigo, y luego partimos hacia Cumbal. Llegamos antes de mediodía con un frío que nos congelaba la armazón ósea e inclusive la voz. Desde lo alto de la carretera apareció a nuestros ojos la población de Cumbal situada en una planicie y separada de los volcanes por colinas sembradas de toda clase de verdes, y más allá, la silueta majestuosa de los volcanes Chiles y Cumbal. La población tenía calles bien trazadas y en ella sobresalían las torres de una iglesia. La región presentaba a nuestros ojos el panorama inesperado de valles y montañas exornados por la vitalidad de una naturaleza virgen. La mole del macizo Andino y los picos de la cordillera occidental, parecían tocar el cielo. Abajo, aquí y allá, pequeñas planicies de una belleza sin igual. El aire se sentía diáfano y puro. La luz del sol bañaba toda la comarca como si fuera un domingo muy especial, ¡Y, lo era!... ¡La aparición de Pablo, mi hijo!

Ya en la población de Cumbal, después de recorrer unas calles, encontramos la imponente estructura de la iglesia de San Pedro Apóstol. En la casa parroquial el padre Antonio nos esperaba. Con un acento de serranía, bastante pronunciado, nos dijo que era urgente nuestra presencia en San Benito por la gravedad de Pablo.

En el camino el padre nos informó que la hacienda *Tierra Alta,* en San Benito, estaba situada a poca distancia de la falda de los volcanes y de la laguna *Cumbal* o de *La Bolsa* como la llamaban los habitantes de los resguardos. En menos de media hora llegamos frente a una casa de hacienda de un piso, pintada de blanco, con grandes ventanas y una puerta central de dos naves, en color caoba. Un inmenso techo de tejas con aleros sobresalientes cubría todos los andenes alrededor de la casa. Más allá se veían caballos y ganado pastando en los potreros cercados y colinas sembradas mostrando una exuberante variedad de verdes.

Al salir del carro sentí el aire helado en mi rostro y un frío que calaba los huesos. Mi corazón palpitaba acelerado, lo sentía angustiado. Una ansiedad que no podía controlar se había apoderado de mis sentidos.

El padre Antonio tocó la puerta y un hombre con rasgos indígenas, ataviado con ruana y sombrero de fieltro, salió a recibirnos con una amplia sonrisa que nos mostró su dentadura de visos blancos y dorados.

—Don Felipe Molina es el dueño de esta hacienda —dijo el padre Antonio al presentárnoslo. Y a su vez nos presentó a nosotros como los padres de Pablo, el muchacho enfermo.

Estiramos las manos para saludarlo, primero Daniel y después yo.

Musité: "Amparo de Arrollave…".

"¡Uy! ¡Qué apretón de manos!… Tiene saludo de agente asegurador", me dije, y guardé mi mano adolorida en un bolsillo de la chaqueta.

Don Felipe, después de mirarnos de pies a cabeza, sin poder disimular la sorpresa que mostraban sus pequeños ojos de zorrillo, nos condujo de inmediato a una construcción un poco alejada de la casa. Antes de entrar a la casucha, el padre Antonio preguntó al hombre de la ruana:

—Dígame, Felipe, ¿todavía no hay ninguna reacción a los medicamentos que le traje?

Don Felipe se paró frente al padre y con su marcado acento de la serranía respondió:

—Ya usted padrecito se va a dar cuenta si sirvieron. La Maclovia se los dio a medio día y también en la noche —acto seguido, empujó la puerta de la choza y entramos.

Allí, en un rincón, en una camita de hierro que ya tenía sus años de servicio por lo que mostraba de su pintura original, mi pobre hijo yacía acurrucado y arropado con cobijas, descansando su cabeza en una almohada de rayas azules, sin funda, manchada de sudor. Me acerqué a la cama sin poder contener el torrente de lágrimas inundando mi rostro.

—¡Pablo! ¡Pablo… hijo mío! ¡Aquí estamos tu padre y yo para cuidarte! Te vamos a llevar a un hospital.

Pablo abrió los ojos y nos vio, pero no supo quiénes éramos. Le toqué la frente, tenía fiebre alta.

Daniel lloraba en silencio y en medio de su dolor le preguntó al padre Antonio cómo se podía pedir una ambulancia para llevarlo a un hospital a la mayor brevedad y qué ciudad recomendaba, ¿Pasto o Ipiales?

El padre sugirió que por el momento sería mejor llevarlo en el carro a la parroquia. Allá pediría una ambulancia, porque no había tiempo que perder y, sin embargo, creía que debíamos esperar a que le bajase un poco la fiebre.

Mientras esperábamos, Daniel le preguntó a don Felipe cómo Pablo vino a parar a su hacienda. El dueño de la hacienda nos contó entonces cómo la guerrilla había dejado a nuestro hijo tirado en un camino cercano a la carretera no muy lejos de allí, sin duda alguna porque estaba enfermo y no podía caminar. Luego nos explicó:

—Esa gente tira a esos muchachos cuando ya no le sirven para nada. Cuando el Pedro y el Cesáreo lo encontraron, nos vinieron a decir que habían encontrado un guerrillero enfermo. Los trabajadores tenían miedo de recogerlo, pero el muchacho les dijo que lo habían secuestrado de una finca en el Cauca, entonces lo levantaron en vilo para meterlo en la carreta tirada por una yegua y lo trajeron hasta aquí al rancho. Por el olor que apestaba se dieron cuenta que tenía unas úlceras horribles en la parte baja de las piernas, por las pantorrillas. El Cesáreo trajo una cama y lo acomodaron aquí. ¡Tuvo suerte!

El padre Antonio intervino:

—El muchacho Pablo nos dijo que lo único que curaba las úlceras eran las ampolletas de *Glu...cantime* —hizo una pausa y repitió—: *Glucantime*, lo que usaba la guerrilla para curar a sus enfermos. Nicanor, el capataz de la hacienda, sabía dónde podíamos conseguir de contrabando las ampolletas de ese *Glucantime*; esta es una medicina prohibida por el gobierno en el territorio colombiano, porque las Farc son las únicas que la han comprado por montones. En Ipiales se consiguen a un precio alto en el mercado negro; compramos noventa ampolletas… las necesarias para curarlo.

Don Felipe interrumpió al sacerdote:

—No olvide, padrecito, que nuestro enfermero venía a chuzarlo todos los días. Y no olvide tampoco que la Maclovia, la mujer del Cesáreo, venía a ayudarlo con los demás menesteres, y hasta mi señora estuvo preocupada por su alimentación.

—Así es, así es, Felipe, esas obras de caridad tendrán su recompensa —terció el padre Antonio alzando los ojos buscando un cielo imaginario en el techo bajo del destartalado ranchito.

—Cuando sanaron las úlceras —continuó don Felipe— el muchacho me pidió que le diera trabajo en las pesebreras para poder pagarme los remedios y todo lo demás. Los sábados se iba con la cuadrilla a traer hielo del volcán. Pero en esta pasada semana, el sábado se perdió porque había neblina muy espesa. Yo pensé lo peor, sin embargo, mandé a buscarlo. El muchacho se había metido en una pequeña zanja, y allí pasó muchas horas; el Leónidas y el Cástulo, lo encontraron casi congelado, y claro, desde ese día está enfermo con fiebres. Yo le conté al padre Antonio lo que el muchacho me dijo de su familia y el nombre de la ferretería de su papá, para que les escribiera. No había más que hacer…

Un angustiado Daniel preguntó:

—¿Cuántos meses lleva mi hijo en esta región?

—Unos seis meses largos. Mes y medio, muy enfermo con las piernas y ahora una semana y media con las fiebres.

Daniel sacó la billetera del bolsillo y en tono cordial le dijo al hacendado:

—Antes de irnos quiero agradecerle a usted, don Felipe, y al padre Antonio, todo lo que han hecho por mi hijo. Son cuentas que quedan pendientes para siempre, nunca se pueden cancelar. Lo que sí quiero pagar son las medicinas, al enfermero y los cuidados de la persona que lo atendía.

—Él ya pago la medicina con su trabajo, ayudando con el encierro de las vacas lecheras y las ovejas. Las últimas drogas las trajo el padrecito Antonio. Mejor se arregla con él —replicó don Felipe con una sonrisita nerviosa.

—¡Ah!... Qué pena, olvidé la alimentación, don Felipe —dijo Daniel preocupado.

—¡Vaya, vaya mi señor! Un bocado no se le niega a nadie, no me debe nada —dijo el patrón de mi hijo, haciendo una mueca parecida a la risa y mostrando una dentadura luminosa salpicada con algunos molares forrados en oro.

Felipe Molina era un hombre de mediana estatura, lo adiviné fornido por la agilidad con que se movía. En reposo, mostraba una figura imponente. Tenía una cara grande pero más bien larga y en esa cara, sus ojos, nariz y boca estaban bien distribuidos: rostro de cacique *Piel Roja,* pensé, recordando la imagen en la caja de cigarrillos. Cuando se quitó el sombrero, me di cuenta de su abundante cabellera peinada con raya a un lado. Sus ojos me intrigaron desde el primer momento: algo había en esos almendrados ojos azabaches; además de lo furtivo, la malicia, la desconfianza, un algo que no pude determinar por el momento. Nos despedimos de él agradeciendo efusivamente su hospitalidad para con nuestro hijo. Pero esta vez, no le di mi mano, recordando el apretón inicial.

El sitio donde estuvo alojado Pablo, era una especie de bodega donde se guardaban toda clase de implementos de agricultura, era un lugar sucio y mal oliente. El olor a boñiga estaba en todas partes. Sacar de allí a nuestro hijo era apremiante.

Envolvimos a Pablo en cobijas y le cubrimos un poco el rostro. Daniel se lo llevó cargado al carro y lo acostó en el asiento trasero de la camioneta. Su cabeza descansó en mis piernas.

De la parroquia, el padre llamó a Ipiales para que enviasen una ambulancia con la mayor urgencia a la parroquia de Cumbal. Antes de irnos Daniel entregó al padre Antonio una donación sustanciosa para la iglesia. Ese mismo día partimos para Ipiales e internamos a Pablo en el hospital de la ciudad.

Después de los exámenes pertinentes, los médicos dijeron que Pablo sufría una malaria aguda. Su estado físico era muy precario porque también tenía anemia y había padecido la *Leishmaniosis* de la selva. Les explicamos que Pablo había sido secuestrado hacía dos años.

En la pieza del hospital pude ver a mi hijo en toda su flacura. Todavía se le notaban los parches grises que le dejó el congelamiento en la cara y los brazos. Su cambio físico era muy notorio. Mostraba un semblante de dolor, de frustración, de desamparo, de desesperanza como si estuviese en medio de un naufragio en un mar sin orillas. Se veía indefenso, frágil. Con el control de la fiebre, a los tres días fue recobrando el conocimiento. Las fiebres menguaron. Se aferró a mis manos y lágrimas rodaron de sus ojos.

—Madre mía, me alegro que estés aquí con mi padre. Creí que iba a morir… Aunque no tenía miedo a morir, después de tanto sufrimiento la muerte era más que bienvenida.

Me acerqué a la pequeña ventana, miré a ese cielo gris y oré:

> *"Señor: he encontrado a mi hijo que consideré perdido. Sigo esperando a Jimena. Guíala en su regreso".*

* * *

Daniel regresó a Cali. No podía dejar la ferretería cerrada por mucho tiempo. Allá averiguaría el traslado de Pablo a un hospital. El regreso a Cali lo hicimos dos semanas después cuando los médicos en Ipiales dieron permiso a Pablo para su traslado con la recomendación de llevarlo de inmediato a una clínica. Del aeropuerto lo llevamos a la clínica *Valle de Lily* donde esperaban con ansia Rocío, Asunción, Adrián y mis padres. La emoción de ver a Pablo con vida no tenía límite.

Dos semanas después llevamos a Pablo a la casa de *La Riverita.* Nunca perdimos la esperanza de tenerlo de nuevo en nuestros brazos. Con optimismo seguimos esperando que pronto aparecerá también Jimena y podremos abrazarla.

Durante la recuperación de Pablo, noté cambios en su actitud; esa existencia atemporal que se vio obligado a soportar, dejó secuelas. Era de esperarse. A las horas de almorzar y cenar no bajaba al comedor a sentarse con nosotros. Le dijo a Asunción que le llevase los alimentos a su recámara. También me di cuenta que estaba preocupado por el destino de su morral y de si lo habíamos traído de Cumbal. Para tranquilizarlo le dije:

—Lo tengo en el garaje para hacerle una limpieza. Por cierto, don Felipe me dijo allá en San Benito que ese morral era lo más preciado para ti, hijo mío. Cuando quieras lo desocupas para lavar lo que tengas allí de ropa. No he tocado nada, esperando que tú me lo digas.

—Bien, te lo agradezco mamá, déjame yo me encargo de eso —repuso Pablo con aprehensión.

No pude menos que preguntarme: ¿qué secretos guardará allí en ese morral, como él lo llama, o será que quizás quiere guardarlo como testigo de sus infortunios?

Hasta ese momento todos guardábamos silencio con respecto a la desaparición de Jimena, la hija que fue en busca de un hermano que ya estaba con nosotros. Pablo preguntó varias veces por ella y manifestó su deseo de hablarle por teléfono. Para tranquilizarlo, le dije sin pestañear que Jimena, a pesar de no haber terminado todavía la universidad, se había tomado un tiempo para dedicarse a otras cosas. Una mentira de esas que llamamos *piadosas,* para poder justificar la ausencia de mi hija. Alguien dijo: *Hay un tinte fúnebre con sabor de mortalidad en la mentira.*

Para cambiar de tema le hice una pregunta:

—Pablo, no nos has dicho nada sobre tu secuestro, ¿dónde te tuvieron durante tu cautiverio?

—La verdad, madre, yo estoy muy agradecido porque ustedes no han preguntado nada desde que llegué aquí. Me gustaría olvidar por ahora toda esa horrible pesadilla de la selva. Un día les contaré todo.

Los domingos desayunábamos todos a la misma hora, a las nueve de la mañana en la terraza del primer piso. Este domingo, Daniel, Rocío, Adrián y Asunción estaban presentes. Para todos fue una gran sorpresa cuando Pablo vino a sentarse con nosotros por primera vez desde que llegó a *La Riverita*.

Tres meses habían pasado y por supuesto, la presencia de Pablo este domingo fue un gran acontecimiento y más aún cuando Pablo preguntó como por casualidad, si nos había gustado la región de los volcanes y si pudimos apreciar la corona de nieve en sus cimas. Y luego nos sorprendió contándonos algo, no todo, de su fuga.

Capítulo 2

Mi suerte estaba echada

Quedar abandonado allí, a la vera del camino, fue la más increíble suerte que me deparó el destino, porque podía haber sido en cualquier otra parte de la geografía del sur de Colombia. Quizás la muchacha guerrillera, alias *Morisca,* conocía esa región del sur de Nariño, porque Ricaurte, su pueblo natal, está a pocos kilómetros de la región de los volcanes. Su compañero, alias *Chevrolet,* fue uno de los guardas designado para vigilar el corral donde habitamos cuatro secuestrados durante mis dos últimos meses de cautiverio. Tenía apenas veinte años y había sido reclutado hacía dos años en el Cauca, en la región de Morales, donde su abuelo tenía una finquita de café.

Allá, en la selva, las tempestades son bíblicas por la furia con que estremecen y castigan a toda esa naturaleza indefensa. La aterradora tempestad con lluvias de diluvio, fue providencial para nuestra escapada en esa noche de la fuga. No sé qué horas serían, quizás las diez, cuando al resplandor de un relámpago vi la silueta negra de un fantasma viniendo de los chontos; la figura se acercó al corral donde estaban las hamacas y alumbró con la linterna. Entonces vi que era mi guardián *Chevrolet* envuelto en la capa negra de caucho para protegerse de la lluvia. Se dio cuenta que yo no estaba en la hamaca sino sentado en un cajón. Mis otros tres compañeros de secuestro parecían dormir un profundo sueño a pesar de la ruidosa tormenta, mientras yo, desvelado, miraba la lluvia y la gotera que caía inmisericorde en todo el centro de mi hamaca. El guerrillero me alumbró la cara e hizo señas que me acercase. Fue entonces cuando preguntó si quería huir con ellos y salir de la maldita selva, porque con el torrencial aguacero, nadie nos buscaría. Creí que era una broma, una trampa, y cauteloso guardé silencio; lo repitió por segunda vez con cierta impaciencia, y me hizo señas para que saliera, pero antes me pasó una capa de caucho.

—¡Rapidito, rapidito! No hay tiempo —apremió nervioso.

Me cubrí con la capa, cogí mi morral y salí sin saber todavía por qué. ¡La suerte estaba echada! Seguí al guerrillero, que iba camino hacia los chontos o letrinas provisionales.

Más allá, donde empiezan los arboles de la manigua, alguien esperaba. Cuando habló, me di cuenta que era la *Morisca,* una de las guerrilleras guardianas. Los tres fugitivos nos internamos en la selva en un desespero fácil de imaginar. Caminamos esa noche hasta el amanecer como alma que persigue el diablo…, y seguimos caminando día y noche por una selva donde había mucho barrial y por todas partes riachuelos que se perdían quien sabe dónde. *Chevrolet,* con un machete nuevo que resplandecía con los relámpagos, se abría camino por la tupida manigua de enredaderas, bejucos y lianas que trepaban por los árboles… ¡una locura de selva! Apenas si nos deteníamos para comer algo, pedazos de una *ancheta* sin sabor alguno, un trozo de panela y agua de café; este sería nuestro alimento durante los próximos dos días. Lo único que alcanzaron a sacar del campamento en ese momento de nerviosismo y arriesgadas decisiones.

No sé durante cuántas horas caminamos en esa tercera noche, hasta que caímos rendidos al pie de unos enormes árboles desraizados, que formaban como un nicho con su ramazón en ese suelo fangoso. A medio día despertamos para seguir la marcha y fue entonces cuando sentí un dolor en las piernas que no tenía nombre. El maldito dolor aguijoneaba mis piernas sin ninguna compasión. Sentía palpitar mis pies, como si el corazón estuviese allí encerrado en esas botas de caucho de guerrillero; los sentía incandescentes, listos para explotar. Quería gritar para espantar un poco el agudo dolor que experimentaba, sin embargo, callé… no dije nada. Sabía que no era prudente hacerlo. Tenía que aprovechar esta oportunidad para liberarme del maldito secuestro, de esa esclavitud donde los desalmados nos tenían en corrales como a cerdos, como si no fuésemos seres humanos. Al cuarto día de abrirnos paso por una selva que nos ahogaba con el vaho que salía de la tierra, creí que íbamos a morir. No teníamos nada para comer y yo apenas si podía caminar. *La morisca* desfallecía. Ella tenía un mes de embarazo, y fue quizás por eso que resolvieron huir. Al caer la tarde salimos a una región de montaña donde un tímido sol se despedía en busca de otros lares. El frío era insoportable y nuestra ropa estaba mojada, pegada a nuestros débiles cuerpos.

Yo ya no podía continuar con ese terrible dolor en mis piernas y menos subir y bajar serranías. Les pedí a mis libertadores que me dejasen a la vera de un camino y que ellos siguieran su destino. Para justificar este pedido les mostré por primera vez mis piernas. Asombrados por mi estado, estuvieron de acuerdo en que yo no podía continuar. Ellos también estaban muy mal porque habíamos caminado sin descanso y no habíamos comido durante dos días. Al llegar la noche me dejaron detrás de unos matorrales; yo estaba más muerto que vivo. Al marcharse, los seguí con la vista hasta que se convirtieron en sombras.

Un frío intenso estremecía mi cuerpo, no tenía ninguna energía, estaba muriéndome y sin embargo, grité una y otra vez, con lo que me quedaba de voz:

> *¡Pablo, no es tu tiempo de morir todavía! ¡No, mil veces no! ¡No es tu tiempo!... ¡Dios de madres, Dios de hijos! Tienes que ayudarlo.*

> *¡Aguanta, Pablo! ¡Aguanta! ¡No tienes que morir todavía! ¡Aguanta, Pablo!*

Cuando llegaban los aguijonazos del dolor, en lo más profundo de mi ser, escondido detrás de ese deseo de no querer morir, había otro que lo deseaba, para acallar y no sentir nada, para terminar con la miseria humana en que me había convertido... estaba tan enfermo con Leishmaniasis... ¡Lo deseaba! Y sin embargo, seguía gritando:

> *¡Aguanta, Pablo, Aguanta. No tienes que morir todavía. Es muy temprano...!*

No soy de los que cree en milagros. Sin embargo, hay cosas que pasan y que uno no puede explicar. ¡No morí!... Al atardecer del siguiente día, nativos de la región me encontraron, gracias a un perro llamado *Fermín* que fue a husmear donde yo estaba y cuando me vio se asustó y ladró.

Maclovia, la mujer de Cesáreo, uno de los tres nativos que me descubrieron, me llevó en la carreta al ranchito de la hacienda, y se dedicó a curar mis piernas con plasmas de hierbas. Averigüé que las plasmas contenían aceite de ciprés, eucalipto, malva, linaza y salvia. No sé si todas las hierbas juntas o una por una se me aplicaron en las heridas. Un curandero vino a verme y dijo que él sabía curar esta terrible enfermedad que se come los tejidos. Pero yo sabía que lo único que me curaría serían las ampolletas *Glucantime* que usaba la guerrilla en la manigua y así se lo dije a Maclovia y a Cesáreo. Ellos las consiguieron no sé cómo, porque está prohibida su venta por el gobierno.

Después, cuando sané, creí que debía quedarme un tiempo más trabajando unos meses para poder pagar los remedios al dueño de la hacienda, y a mis nuevos amigos indígenas sus cuidados. Además, esta región de volcanes y lagunas me atraían de una manera extraña. Todo allí me parecía tan increíble en su hermosura mística: había contrastes de verdes y colores de tierra volcánica; formas exageradas de siluetas de cordillera en un fondo azulado de cielo andino y otras veces las cimas perdidas en la niebla mostrando paisajes surrealistas. Poco a poco descubrí que necesitaba esos paisajes místicos de volcanes para recuperar mi salud y sanar mi mente y mi alma.

Nadie sabía mucho de mí. La mayoría creía que era un guerrillero abandonado. En lo más profundo de mi alma, no quería que nadie de mi familia me viese enfermo y derrotado. Durante todo el tiempo de mi cautiverio y durante mi recuperación en Cumbal, soñaba con llegar un día a *La Riverita* y sorprenderlos y abrazarlos y contarles estas increíbles aventuras.

En Cumbal, en esa región de volcanes, he curado lo más oscuro que se anidó en mi mente. Soy otro Pablo, un hombre que salió de las cenizas del infierno, el infierno de la selva, quizás gracias a alguno de los santos de tu devoción, madre mía, o quizás gracias a la energía que emana de los volcanes. Y aquí estoy ahora, ¡listo para empezar una nueva vida!

Capítulo 3

Del manuscrito de mi madre

En la casa de La Riverita

Mi pobre hija Jimena no sabía que su hermano ya estaba con nosotros. En mi mente y en mis oraciones ella estaba presente día a día. Asunción me aseguraba que estaba bien. Había visto su sombra viajando por un río con un grupo de mujeres. Esperanzada decía: "Un día no muy lejano tendremos noticias de ella. De eso estoy segura".

Pablo pasa los días al lado de Adrián y Asunción. Recostado en un diván les cuenta historias de experiencias imaginadas. Después, Asunción me las cuenta con todo detalle. Con ella deduje que esas eran experiencias ocurridas durante su secuestro:

> *Ocho hombres caminaban por un bosque tupido con árboles sin nombre, altísimos, llenos de enredaderas y bejucos y cundidos de hormigas. Uno de ellos tuvo que subir a uno de esos árboles para escudriñar el camino a seguir. Las hormigas lo atacaron y cayó al suelo desesperado. Aquellos hombres debían caminar mucho cada día llevando carga muy pesada*

en la espalda. Dos de ellos, cargaban un cerdito salvaje amarrado de las patas a dos palos. Después de diez días de caminar y caminar en medio de la lluvia, el pantano y la manigua encontraron el río, pero enseguida se dieron cuenta de que en la otra orilla estaba el enemigo (soldados armados). Debieron regresar entonces por el mismo camino que habían abierto con machetes. Llegaron al campamento que habían desbaratado y tuvieron que armar de nuevo las barracas y la cocina en medio de un torrencial aguacero. Tres veces hicieron el camino al río, cada vez más arriba, pero siempre tuvieron que volver al mismo sitio."

Asunción lo escucha en silencio, mientras teje carpeticas de mesa. Quiere preguntarle a Pablo algunos detalles sobre su relato, pero no, no es el tiempo todavía. Adrián por su parte, lo escucha absorto mientras acaricia a *Toto,* pero sin entender casi nada. En su segunda experiencia, Pablo contó:

El río estaba crecido y con muchas corrientes que llevaban en sus aguas árboles enteros en cuyas ramas a veces se quedaban enredadas las raíces de otros árboles. Tres canoas bajaban por el río con hombres armados llevando prisioneros encadenados de los pies los unos a los otros. Los prisioneros, con los ojos vendados, estaban cubiertos con lonas para ocultarlos de curiosos en las orillas, aunque nunca se vio a nadie. Un tronco que traía la corriente golpeó la canoa que iba adelante en la cual iban cinco prisioneros. Cayeron los cuatro guardas y los prisio-

*neros al río y en segundos se los llevó un rápido de
la corriente. Las otras dos canoas fueron en busca de
los hombres, pero solo pudieron rescatar a un guarda que se había quedado enredado en las ramas de
un árbol que arrastraba el río.*

Sus otros relatos fueron fantasías, cuentos de monstruos que habitaban en la selva: hombres sin rostro, animales prehistóricos que cazaban seres humanos para encerrarlos en corrales y llevarlos de un lado a otro sin saber para qué, infundiéndoles terror.

Sobre el morral de Pablo, tengo que decir que por un tiempo fue objeto de intrigas, suposiciones y misterios. Asunción me comentó que Pablo le pidió un día una bolsa de plástico con el fin de desocupar su morral y que luego se la devolvió llena de ropa para lavar, advirtiéndole que cuando estuviese seca se la entregara a él en persona. "¡Vaya misterio!", pensó Asunción en ese momento.

Recordé que yo, movida por la curiosidad, también estuve hurgando días antes en el morral de Pablo aprovechando su ausencia cuando estuvo en el hospital. En esa ocasión descubrí que allí guardaba el mismo pantalón, camisa y chaqueta que tenía puestos el día del secuestro y que ahora eran solo harapos con un olor desagradable. También guardaba un pequeño libro bastante trajinado: *Viaje al centro de la Tierra*, entre sus páginas había hojas secas prensadas y algunas anotaciones. Envuelta en periódico, una oxidada navaja que fue roja alguna vez y un lapicero verde. Al voltear el morral de lona verde para limpiarlo un poco, descubrí un bolsillo secreto. Allí tenía Pablo un cuadernillo escrito con tinta azul y letra pequeñita, titulado *"Mis días en el infierno"*. La letra era tan pequeña que se necesitaba una lupa para leerlo, entonces lo guardé en su sitio otra vez porque tenía miedo de leerlo, de darme cuenta de lo que allí estaba escrito. Cuando le mencioné a Daniel lo del cuadernillo, quería verlo, pero me negué porque me pareció que debíamos respetar lo que mi hijo guardaba con tanto sigilo en su morral. Ese cuadernillo era algo muy íntimo.

Día a día el progreso en la salud de Pablo se notaba, no solo en su físico sino también en lo mental. Nos sorprendió cuando una mañana después de muchos días de ausencia vino muy temprano a sentarse a desayunar con nosotros. Yo ya estaba en el comedor, pues siempre era la primera en acudir a la mesa para acompañar a Daniel que salía temprano. Asunción también estaba allí con Adrián.

—Madre, ¿tienes noticias de Rocío? ¿Cuándo termina sus estudios en Bogotá? Me gustaría verla, hablar con ella… —preguntó Pablo al momento de sentarse.

—Si quieres ir a Bogotá, hijo, yo puedo ir contigo —le dije sorprendida de su pregunta, y añadí—: Rocío prometió venir para las navidades.

Esa noche llamé a Rocío y le dije que Pablo quería hablar con ella y le pedí que no le preguntase nada todavía sobre su cautiverio y menos comentara el motivo de la ausencia de Jimena.

La conversación de Pablo con Rocío fue como si nunca se hubiese ausentado de nosotros. Le preguntó de su carrera, cosas de estudiantes, de su novio y lo más importante, le dijo a su hermana que iba a hablar con el rector de la Javeriana para ver si podía entrar a estudiar el primer trimestre de enero. Quería cambiar de carrera, si fuera posible.

Tal como le había comentado a Rocío, Pablo fue a la Universidad Javeriana y habló allí con el decano de la Facultad de Leyes acerca de sus aspiraciones de ingresar a estudiar. Le dijo que hacía un poco más de dos años había sido aceptado y registrado en esa Facultad para empezar sus estudios, pero que por motivos que el rector ya conocía, porque su padre se lo había informado en su momento, no pudo ingresar y ahora el pedía otra oportunidad para inscribirse.

Esa misma semana el rector citó a Daniel para hablar sobre el ingreso de Pablo a la universidad. A su regreso Daniel informó a Pablo que para ser admitido debería volver a presentar los exámenes pertinentes. Pablo alegó entonces no estar preparado, en absoluto.

En la noche Daniel me comentó su preocupación acerca de Pablo y sus estudios:

—Por un tiempo largo nuestro hijo no ha visto libros. ¿Cómo puedo creer que va a estar listo para estos exámenes, si el trauma psicológico que sufre todavía está latente? Lo peor, sin embargo, es que no sé qué barbaridades le dijo al decano de la Facultad que de una quedó fuera de concurso. Esto me tiene desolado —concluyó".

Capítulo 4

En busca de un derrotero

En los días que siguieron esquivé los encuentros con mi padre. Salía temprano en la mañana y regresaba en la tarde para encerrarme en mi pieza. En varias ocasiones sentí el deseo de hablar con él para decirle que estaba preparándome porque sabía que tenía que estudiar mucho para poder ingresar a una de las universidades de Cali o de Bogotá, pero no tuve valor de enfrentarlo, lo seguí esquivando. En esos día empecé a pasar mucho tiempo en la Librería Nacional del centro comercial Unicentro de Cali buscando libros que pensaba podrían orientarme a escoger una carrera que no fuese Leyes. Por curiosidad compré un libro del escritor español Joan Martí Molist, titulado *"Volcanes"*. Mi primer libro de Geología.

Una mañana, cuando ya mi padre había salido para la ferretería, mi madre, alarmada por mi comportamiento, entró al estudio donde yo me refugiaba durante horas a leer; ahora, más que nunca, leer se había convertido en mi pasatiempo favorito…¿Qué más podía hacer si el único objetivo de mis días era el encuentro con mi psicóloga?

—¿Qué es lo que te pasa, hijo mío? —preguntó mi madre sin preámbulos, y añadió—: no me gusta esa actitud negativa que has asumido y que nos muestras cada día. Deberías pensar en todo lo que dejaste atrás y sentirte contento.

—¿Actitud negativa?... —repliqué—. No puedo sentirme contento, madre… Vivo en una gran incertidumbre. Me siento derrotado… ¿No es acaso eso lo que soy para mi padre? ¿No te lo ha dicho? No te ha dicho que no tengo eso de *"levántate y corre"* que él considera primordial, la señal evidente de una ambición natural para llegar a ser algo o alguien en la vida. ¿No fueron esas las palabras que le dijo Jesús a Lázaro, al resucitarlo? *¡Levántate y corre!*

—*Levántate y anda* —corrigió mi madre.

—Yo creo que entre mi padre y el tal decano de la Javeriana decidieron que no sirvo para nada… Este padre mío no entiende que necesito más de un día para curar todo ese tiempo de miseria en la selva, necesito tiempo para prepararme para los exámenes de admisión, tiempo para demostrar que no estoy derrotado todavía… No soy un autómata al que le dan cuerda para que funcione. Soy un ser humano, un complejo ser humano debido a las circunstancias especiales en la que me ha tocado vivir, pero te juro madre que voy a salir de esta encrucijada.

—Yo te entiendo y te creo, Pablo. Yo sé que poco a poco vas a salir de todo esto que te agobia; y pienso también que para lograrlo, tienes que salir de nuestro lado, de esta casa. Ya tienes que haberte dado cuenta que tratamos de protegerte por todo lo que te ha tocado sufrir, sabemos que tu tiempo de secuestro te ha marcado profundamente y por eso buscamos excusas para tu comportamiento y para tu actitud. No culpes a tu padre de lo que te pasa. Está desesperado porque tampoco sabe cómo ayudarte. No es que no crea en ti, Pablo, es que él se siente…

—No, no… ¡No lo justifiques madre! —la interrumpí—. Yo sé bien que debo alejarme de aquí y ya lo he decidido. Mañana viajo a Bogotá, y te prometo que hasta que no sepa qué voy a hacer con mi vida, no regreso.

En efecto, al día siguiente viajé a Bogotá. Rocío me invitó a quedarme con ella en su pequeño apartamento. Le agradecí, pero no acepté. Le expliqué que quería estar solo para superar mis problemas de inseguridad o de lo que fuera. Que debía hacerlo solo para confrontar mis demonios. Ese mismo día alquilé un aparta estudio en la Avenida Caracas.

Durante ocho semanas, ayudado por un profesor universitario, me preparé para entrar a la Universidad Nacional con el propósito de estudiar Leyes, a fin de satisfacer el deseo de mi padre. Todavía deseaba complacerlo. Me dediqué en cuerpo y alma a estudiar y cuando al fin me presenté a los exámenes, vi hojas y hojas y hojas de preguntas delante de mí. En ese momento supe que no tenía chance y abandoné el recinto.

Regrese a Cali donde mis padres. Rocío desde Bogotá ya le había informado a mi madre sobre el particular, es decir, sobre mi fracaso. Mi hermana le sugirió que tal vez ahora podía estudiar Filosofía y Letras, porque siempre me había gustado la literatura. A su parecer, yo tenía cualidades para llegar a ser un buen profesor y esa carrera podía estudiarla en una universidad de Cali o de Popayán.

Confidencias ineludibles

La energía de la Luna juega con mi psiquis; el claro de luna se cuela por las ventanas a través del cortinaje y me roba el sueño. Me refugio en el estudio para leer un libro, cualquier libro, alguno de los pocos que todavía no he leído. Encima de la mesa encontré el libro que ya había empezado a leer sobre *Parménides* y su filosofía del ser y no ser. Un libro que trajo mi abuelo, amante de lo antiguo. Antes de concentrarme en la lectura, divago recordando los tiempos cuando este saloncito que llamábamos *estudio* era el lugar donde hacíamos nuestras tareas durante los años de primaria y secundaria en los colegios de la ciudad. Recuerdo que mi madre nos ponía música clásica, pero muy suave, apenas si se escuchaba mientras estudiábamos y hacíamos nuestros deberes. Ahora, cuando leo un libro, hago lo mismo, me acompaño con un fondo de música clásica: Beethoven, Bach, Liszt...

Mi madre también frecuenta el estudio porque este es el lugar más tranquilo de la casa. Ella ha sido un gran ejemplo para nosotros en lo que respecta a la lectura. Según solía contarnos, su educación secundaria la hizo en un convento de monjas y luego entró a estudiar psicología, pero solo por dos años porque al casarse con mi padre, se dedicó por completo al hogar. Gracias a ella, todos sus hijos somos amantes de los libros. En la pared hay un estante con los libros de mi madre, de Rocío, de Jimena y con los míos. Cada uno de nosotros tiene su sección. Mi padre tiene también allí algunos textos de su tiempo en la universidad, pero sus lecturas favoritas son biografías como las de Bolívar, Sucre, Santander… y temas históricos relacionados con la historia de Colombia. Solía comentar: "La historia de Colombia ha sido escrita con sangre, sangre derramada desde los tiempos de la conquista y de la independencia que luego, ya en la república, siguió derramándose por causa de las guerritas sucias entre partidos. Hoy nuestra historia se sigue escribiendo con sangre, con sangre colombiana, porque solo durante la independencia sangre foránea regó nuestro suelo".

Volviendo a la descripción de nuestro saloncito de estudio, recuerdo que en aquel tiempo de nuestra niñez había allí tres escritorios y una mesita donde Adrián, como parte de su terapia, dibujaba con colores de crayón. Este recinto tiene un gran ventanal con vista a paisajes que se estrechan desde Pance hasta el Pico de Loro y las montañas de la cordillera occidental.

En medio del silencio de la noche, escuché de pronto que la puerta que había dejado entrecerrada para que la luz del estudio no molestase a nadie, se abría. Era mi madre que al verme allí, despierto, se sorprendió:

—Hijo ¿qué haces levantado a esta hora? ¡Viajas mañana!

Sí, mamá, son las once pasadas —dije mirando el reloj en la pared—. Pero veo que a ti también el sueño se te ha escapado. ¿No sabes acaso que mi vuelo lo cambiaron para las cuatro de la tarde? … Y dime, ¿buscas un libro?

—Sí, hijo, *"Anécdotas de Destino"*, de Isak Dinesen. Un regalo de Rocío en el Día de la Madre. No lo he leído todavía.

—No he leído nada de él… —repuse.

—¡De ella! —me interrumpió— su nombre verdadero es: baronesa *Karen Blixen*, escritora, oriunda de Dinamarca.

Revisó por unos instantes en la biblioteca la sección de libros que le correspondía y luego de encontrar el que buscaba me hizo un gesto de despedida y se dirigió con él hacia la puerta, pero yo la detuve.

—Espera, mamá, no te vayas todavía. Siéntate aquí en el sofá, quiero hablar contigo. La psicóloga me recomienda siempre que hable con mis padres para ir despejando todo lo oscuro que todavía queda en los meandros de mi cerebro. Ella conoce mi deseo de olvidar, de dejar atrás toda esa experiencia de los pasados años, y prepararme para empezar a estudiar algo, que pienso, ya se está configurando en mi mente.

—Te entiendo, hijo mío, —dijo mi madre condescendiente—. Tu padre y yo sabíamos que debíamos esperar hasta que tú quisieras hablar con nosotros. No antes…Tu relato de la fuga, el pasado domingo en la terraza, nos conmovió. No puedo dejar de pensar en todos esos compatriotas nuestros que quedaron todavía en la selva privados de su libertad y viviendo como tú en circunstancias inhumanas. Me gustaría escuchar de cada una de esas pobres almas lo que sienten, lo que piensan de sus carceleros. Estoy segura, hijo, que un día te vas a animar a escribir acerca de esa amarga experiencia.

—Esa experiencia la tengo ya descrita mamá, en *Mis días en el infierno.* —repliqué confidente—. Notas y apuntes que fui escribiendo durante mi cautiverio en papel de carta que de vez en cuando nos daba la guerrilla. Después, en San Benito, las recopilé y las pasé a una libretica de escuela. Pero todavía no puedes leer esa historia, mamá, está inconclusa. Lo que ahora quiero contarte es algo extraordinario que me pasó allá, en Nariño, en esa región de volcanes. Desde que salí de Cumbal, he estado pensando en esos volcanes que fueron una visión constante imbuida en mí ser durante el tiempo que estuve enfermo sin poder abandonar la cama. Ellos se convirtieron en una especie de compañía que vivió junto a mi todo ese tiempo y me nutrió de esperanzas para no dejarme morir. Desde el ángulo de la pieza donde estaba la cama de hierro, que tú conociste en el ranchito, yo podía ver por la ventana en las mañanas claras, las siluetas de los volcanes en todo su esplendor. El Chiles y el Cumbal se erguían majestuosos y nítidos contra el fondo del cielo, y en las mañanas muy frías, cuando la atmósfera estaba filtrada, parecía que el sol derramaba cristal derretido en la nieve de sus cimas. En otras ocasiones, sus cimas se cubrían con un manto de nubes, sin embargo yo los podía ver, adivinando toda su monumental estructura. Y algo verdaderamente extraño: en las noches de luna menguante, veía de pronto en la cima del Chiles *una luz* como de una fogata que se extinguía y volvía aparecer. Otras veces ocurría en el Cumbal, y siempre en la cima.

"Alguna vez me pregunté intrigado si esa *luz en los volcanes,* aparecía allí solo con el fin de llamar mi atención o si era quizá para enviarme un mensaje. Esa sensación persiste en mí y a pesar de que ahora me encuentro tan distante, siento que hay algo que me atrae, que me une a esos volcanes. De alguna manera, su visión constante mantuvo en mí el deseo de vivir, mitigó mis dolores y me alentó a mantener la esperanza. Imaginaba el fuego en combustión en sus entrañas, el magma derretido en esas profundas cavidades de la tierra. En mis fiebres delirantes, los sentía cerca como si yo fuese parte de ellos o ellos parte de mí.

"Pienso que a pesar de los infortunios que tuve que superar durante mi fuga, fui afortunado por quedar abandonado en ese lugar; esa circunstancia la consideré siempre un milagro y la acepté como parte de mi destino. El tiempo, en su devenir, me fue enseñando a canalizar mi difícil situación. Y entonces, empecé a percibir un futuro allí, en esa región de volcanes. Y anhelé fervientemente llegar a su cima. Sabía que para lograrlo, debía trazar un plan. Y me hice el propósito de empezar por buscar los caminos que llevaban a su cima y recorrerlos, por difíciles que fueran. Me prometí peregrinar con los indígenas que suben a caballo por esas trochas entre rocas para bajar los cubos de hielo del Cumbal envueltos en las hojas del frailejón, la única planta que crece donde viven los cóndores. Sentía que allá, en lo alto, iba a encontrar la oportunidad de crear un nuevo Pablo.

"Al pie del Cumbal hay una laguna de aguas heladas que refleja la sombra de la silueta del volcán. Es una laguna solitaria y misteriosa, de mitos muy arcaicos, cuyas orillas están rodeadas de plantas acuáticas y sus colinas sembradas de pastos. Para los nativos de la región, es un sitio sagrado, de leyendas primitivas, a veces incomprensibles. Y, ya ves, madre, gracias a alguna divinidad que habita esa región de volcanes, sí me pude curar de la roña de la selva y de la anemia y del síndrome del miedo y de todos esos achaques que sufre el hombre cuando lo convierten en esclavo".

Mi madre escuchaba en silencio a este hijo que le desnudaba su alma.

"La huida de la selva pienso que tuvo que ver con eso que llamamos destino, pero también puede ser, mamá, que quizás te oyeron esos santos a quienes tú rezas, porque la verdad es que todavía me pregunto por qué mis guardianes me invitaron a huir con ellos. Nuestra relación era solo la de secuestrado a guardián. No sabía mucho de ellos, ni de dónde eran. Desde hacía un tiempito había descubierto los disimulados amoríos de *Chevrolet* con la *Morisca,* pero nos estaba prohibido hablar con esos pobres muchachos guerrilleros que estaban lejos de saber que ellos eran aun más esclavos que nosotros los secuestrados. Y, si no, ¿por qué querían huir de los campamentos de sus amos, como hicieron los esclavos en otras épocas execrables de la historia?

"Por esos días descubrí que tenía la enfermedad de la selva y no dije nada a mis guardianes ni a mis compañeros de corral. Hice bien en callarme, esta era mi gran oportunidad, la de huir, no importaba si moría en el intento. Mis pies, mis piernas metidas en las botas de caucho, obligado uniforme de la guerrilla, parecía que iban a explotar después de un día de desesperada caminata. El dolor era insoportable. Me repetía para ayudarme a seguir: *Un hombre puede hasta morir de dolor por un centavo de libertad. ¡Vale la pena! ¡Vale la pena!...*

"Después de caminar dos días por la inhóspita selva, huyendo en el más loco desespero que se pueda imaginar, *Chevrolet* comentó que los perseguidores de la guerrilla que andaban en nuestra busca darían por seguro que habíamos atravesado el río y estarían buscando con las canoas a motor por los remansos. En la otra orilla del río, los baquianos tampoco cejarían en la búsqueda por unos días.

"Mientras tanto, y ya fuera del peligro inmediato, continuamos caminando más cerca de la orilla del río. Debimos atravesar terrenos fangosos y abrirnos paso entre árboles selváticos inmensos, invadidos por lianas y parásitas y envueltos en una niebla espesa que brindaba un aspecto fantasmagórico a esos lugares, una imagen que nunca se aparta de mi mente. Al tercer día llegamos a una región de montañas y entonces el esfuerzo para continuar la marcha se hizo todavía mayor debido al frío y al hambre que nos tenía desesperados y famélicos. Desde un promontorio alcanzamos a ver en la lejanía la torre de una iglesia y hacia allí empezamos a caminar... Allá estaba Dios, lo necesitábamos con urgencia. Bajamos por una trocha que se perdía entre la vegetación agreste y encontramos el principio de una planicie, pero yo, madre... ¡ya no podía más! Con determinación, resignado a mi destino, les dije *a Chevrolet* y a la *Morisca* que me dejasen allí, a la vera del camino. Aproveché el momento cuando decidimos sentarnos a descansar para tratar de quitarme las botas. Aullando de dolor me quité una de ellas y me di cuenta de que las medias se habían adherido a las úlceras. Les mostré mis piernas por primera vez; olían terrible, porque me estaba pudriendo. Chevrolet y la Morisca no podían creer lo que veían. Y entonces se dieron cuenta de que yo ya no podría continuar.

"Ese mismo día, antes del anochecer, encontramos un camino de herradura y terrenos cercados con alambrados de púas como los que se usan en los potreros. Estábamos cerca de alguna propiedad habitada. Mis libertadores decidieron que aquel era el mejor sitio para dejarme, y allí me quedé, al lado de unos árboles, escondido detrás de las ramas de unos arbustos donde había unos troncos caídos. *Chevrolet y Morisca* siguieron su camino y se perdieron para siempre de mi vista, pero no de mi vida, ¡así lo espero! Esa noche creí que iba a morir de frío y del dolor inaguantable en los tobillos, en los pies, en las piernas… Tenía fiebre. Pasé una noche terrible, y en la mañana perdí el conocimiento. Creo que ese mismo día fui encontrado por los nativos de San Benito. Después supe que me llevaron en una carreta a los establos de una finca. En un principio, ellos creyeron que estaba muerto y que era un guerrillero abandonado por sus compañeros creyéndole enfermo".

—Perdona, mamá, si te he cansado repitiéndote otra vez la misma historia de mi fuga; creo que ya la conocías porque se las conté en la terraza y porque algo también les dijeron a ti y a papá el padre Antonio y don Felipe, el dueño de *Tierra Alta,* sin embargo, hay algo que nadie sabe. Quiero que sepas que guardo el secreto de una bonita experiencia que tuve allá, en esa tierra de volcanes.

"Esa experiencia se llama *Blancaflor Molina Sabogal,* la hija del dueño de la hacienda *Tierra Alta.* Esto te lo cuento a ti, mamá, pero por ahora nadie más debe enterarse, en absoluto. El comienzo de esta aventura fue como de novela. Durante mi estancia, como puede decirse, allá en San Benito, y ya casi sano de la *Leishmaniosis,* me aventuré a salir ayudado con muletas en cortas caminatas hasta los establos, donde encontraba a Cesáreo, el marido de Maclovia, uno de los hombres que me recogió. Él era el encargado de los establos de la hacienda. Una mañana de regreso al ranchito, vi que un carro se detuvo frente a la casa de la hacienda y que de él salieron varias personas jóvenes que entraron de inmediato. Quedé intrigado y le pregunté a Maclovia cuando vino con el fiambre, quiénes eran los visitantes. Según ella se trataba de los tres hijos del patrón: Blancaflor, Juan Felipe y Florencia. Habían llegado a pasar las vacaciones escolares. Era el quince del mes de junio.

"Por curiosidad, a partir de ese día estuve pendiente del movimiento de los habitantes de la casa y una mañana, la vi a ella, a Blancaflor, montando un hermoso caballo alazán. La percibí como una extraordinaria visión, tal como luciría Juana de Arco, la Doncella de Orleans, la heroína de la historia que tú conoces. Me di cuenta entonces que la hija de don Felipe era una joven muy hermosa y sentí el imperioso deseo de encontrarme con ella. Como pude, ayudado con las muletas salí camino a los establos.

"Esperé paciente su regreso, pensando que quizás después de trotar ella llegaría a dejar su caballo en los establos. Y así fue; cuando me vio sonrió con una sonrisa de Gioconda. Me preguntó si yo era el muchacho secuestrado que la guerrilla abandonó en el monte. Le respondí que sí, que yo era esa persona y que mi nombre era Pablo Arrollave Murcia, oriundo de Cali.

74

"—¿Quieres que llame a tu familia? —preguntó obsequiosa.

"—Le agradezco, ¡pero no todavía! —le contesté, y repetí—: ¡No todavía!

"Después de ese encuentro, la seguí esperando cada día en los establos. Como por arte de magia, sentía que mis tobillos iban en franca recuperación. Las feas cicatrices que quedaron las cubrí con las medias que el padre Antonio trajo junto con unos jeans, un par de tenis y dos camisas. Maclovia consiguió una chaqueta, que aunque usada, sirvió para ampararme del tremendo frío que hacía en esa región de volcanes. Cesáreo, el marido de Maclovia, pasaba muchas horas en la hacienda, y aproveché nuestras charlas para informarme sobre las actividades diarias de los hijos de su patrón; a Blancaflor le gustaba trotar sola y en las vacaciones lo hacía todos los días.

"Cuando empecé a trabajar con los caballos al mando de Cesáreo, busqué ocasiones para encontrarme con ella en la laguna, cerca al embarcadero… ¿Entiendes ahora mamá, por qué me quedé unos meses más en San Benito? Fue por ese inicio de amor que experimentaba, el primero. Y no lo quería dejar escapar.

"Blancaflor, como todos los habitantes de la región, tiene ciertos rasgos étnicos, aunque su madre parece no ser de la raza de su padre. Tiene diez y siete años y es una muchacha muy linda con una belleza exótica. Sus ojos son aterciopelados, como dice Rocío de ciertos ojos por sus largas pestañas. Su media sonrisa me recuerda a la *Gioconda* de Leonardo da Vinci; tiene una cabellera lacia que vuela como bandera al trote del caballo. Antes de viajar a Pasto para continuar con sus estudios, al despedirse me dijo:

"—Pablo, no quiero que te vayas todavía. Espera mi regreso de las vacaciones en diciembre.

"Y así fue. Nos encontramos de nuevo cuando regresó a la hacienda a pasar las vacaciones de diciembre. Cesáreo me prestó su caballo *Frijolito* y yo la esperaba en solitarios parajes de la laguna o en algún lugar secreto por allá en la falda del Cumbal. Eran citas para explorar ese lugar mágico de los cerros y de la laguna, para conocernos y besarnos con toda esa pasión de nuestro naciente amor. En estos encuentros Cesáreo jugó un papel muy importante; sin su ayuda hubiese sido imposible vernos.

"En febrero enfermé de malaria… Y ya sabes todo lo que pasó después, mamá. Pienso que a su regreso a San Benito en los días de Semana Santa, Blancaflor no me va a encontrar y va a pensar que me fui para siempre".

—¿Qué horas serán, mamá? Perdona, te he quitado muchas horas de sueño hablándote de todo esto. Lo siento. No madrugues. Recuerda que mi viaje es a las cuatro de la tarde.

Capítulo 5

Del manuscrito de mi madre

Su nombre es Ximeno

No sé qué horas serían, cuando finalmente Pablo dio por terminadas sus confidencias. Nos fuimos a dormir, él quizás pensando en Blancaflor, y yo, agradecida hasta más allá del amor de madre por las confidencias de mi hijo.

Al otro día, en la tarde, llevé a Pablo al aeropuerto. Al despedirme le dije: no olvides llamarnos, quedamos pendiente de tus noticias. Asintió con la cabeza y se despidió con un abrazo.

—Qué Dios te lleve con bien y te proteja hijo mío.

"¡Señor!. Mi hijo enamorado de una flor de páramo… El amor de Florio".

En el camino de regreso a Cali, mis pensamientos volaron a las confidencias de Pablo; todo aquello de su increíble escape y el tiempo en el ranchito frente a los volcanes. ¡Pobre hijo mío! También pensé en su primer romance con Blancaflor, una quimera como pluma revoleteando en el aire. A mi memoria vino *Filocolo* del libro de Giovanni Boccaccio: *Florio, el hijo del rey de España, enamorado de una don-*

cella de nombre Blancaflor. En el mil trescientos, el escritor poeta escribió su primera novela en Nápoles, en la región del volcán Vesubio. *Florio* vio a su Blancaflor por primera vez en un convento. Pablo vio a su Blancaflor montada en un caballo alazán en una región de volcanes.

Pensé en lo incierto de la vida de Pablo, sus deseos de complacer a su padre sin estar todavía preparado para iniciar sus estudios. Sin siquiera sentirse seguro de lo que quiere estudiar. Daniel siempre esperó mucho de su hijo; desde su tiempo en el bachillerato ya deseaba que estudiase leyes o medicina. Logró su ingreso a la Javeriana para empezar sus estudios de abogado, pero las cosas no resultaron como él esperaba. Ese agosto se produjo el secuestro de Pablo y luego la aventura de Jimena de dejar la universidad para irse en busca de su hermano. Esto para Daniel fue traumático en extremo; lo que pasaba en su familia no era nada normal. Se sentía culpable de alguna manera, y desde entonces el fatalismo se apoderó de su ser.

Esa culpabilidad venía de los tiempos en que su padre esperó también mucho de él. El hijo de un juez tenía que ser un profesional. Daniel frustró a su padre para toda una vida porque él no tenía ambición y su personalidad tampoco le ayudaba a convertirse en lo que su padre esperaba de su primogénito. Estudió derecho penal, pero de mala gana y nunca terminó la carrera. Para independizarse de su padre, acudió a pedirle ayuda a su tío Arnoldo y lo convenció de que le dejase administrar el almacén de ferretería que tenía en Cali. Su tío tenía en mente venderla en uno o dos años y retirarse a su casa campestre en La Cumbre. Pero Daniel le prometió que se la compraría en menos de un año. Esa era su verdadera vocación. Él era un hombre hecho para tener algún negocio propio, sin que nadie le dijera lo que debía o no debía hacer. Cuando nos casamos ya estaba establecido de lleno en su ferretería.

En medio de mis pensamientos, reflexioné con tristeza en lo dicho a Pablo acerca de su hermana Jimena. Mentí otra vez cuando le dije que no la buscase en Manizales, porque hacía un año había dejado la ciudad y estaba por los Santanderes, trabajando como veterinaria. Me sentía mal. Quería vomitar esa mentira, librarme de ella... Otra vez vino a mi mente algo que leí en alguna parte *"Hay un tinte fúnebre con sabor de mortalidad en la mentira"*. Odio las mentiras, y sin embargo, las creí necesarias para seguir guardando un secreto que era imposible revelar todavía. ¿Qué más podía decirle? No quería que mi pobre hijo se sintiese culpable por la determinación de su hermana de ir con la guerrilla en su busca.

> *! Señor!... la vida en la casa de La Riverita no es tan fácil llevarla: secretos, mentiras, frustraciones...*

* * *

Desde la ventana de la alcoba admiro las lomitas que se extienden hasta la carretera de Pance. Esta es La Riverita: un lugar campestre donde hay una veintena de casas con sus respectivos muros y jardines. Desde la carretera, porque no hay calles, el viajero que pasa nunca podría imaginar, el drama que se vive en esta atractiva casa ubicada en este grupo de viviendas. Una casa blanca de dos pisos, con un muro también blanco, que luce una portada de hierro forjado con un intricado diseño pintado en azul índigo. Sus habitantes hemos aprendido de alguna manera a navegar en la rutina de los días, tratando de no expresar en voz alta lo que nos perturba: la ausencia de Jimena. Como siempre en las mañanas, antes que el sol caliente demasiado, Asunción pasea con Adrián por los jardines donde abundan las veraneras de todo color, y esta mañana, veo a Asunción corriendo hacia la portada, abre una nave y recoge algo parecido a una canasta. Intrigada, bajo apresurada las escaleras y salgo al jardín para averiguar de qué se trata.

Asunción me dice angustiada que escuchó algo como los gemidos de un perrito que venían de la portada.

—De allí vienen los gemidos —señaló asustada a la canasta y añadió—: Quizás es un perrito, regalo de alguien conocido.

Al quitarle la cobijita de franela a la canasta, apareció un bebé envuelto hasta el cuello en un pañal de franela azul, amarrado con una banda tejida en colores fuertes que lo envuelve a todo lo largo de su cuerpecito. Nos quedamos sin voz por un instante hasta cuando Asunción comentó:

—¡Parece un cigarro!

Adrián, mi hijo, no se ha percatado de nada y espera sentado en una esquina de la banca.

En la canasta, junto al bebé, hay un papel doblado. Lo abro y allí encuentro escrito:

Su nombre es Ximeno. Nació donde habitan las tribus.

"Tiene que ser hijo de Jimena" pensé en ese instante. Emocionada, llevé la canasta a la casa seguida de Asunción, Adrián y *Toto*. Ya en la alcoba la deposité encima del sillón y saqué a la criatura para quitarle el amarradijo. Me di cuenta que era un varoncito de pocas semanas de nacido. Encontré otro papel como el primero arrancado de un cuaderno y en este había un dibujo como de una montaña y un río entre árboles.

Cuídalo, ma, hasta que nos volvamos a ver.

Con el corazón en la mano y lágrimas que anegaban mi rostro no sé si de alegría o dolor, decidí llamar a Daniel. Le dije que Jimena nos había mandado un regalo, un hijo suyo. Emocionada le pedí que comprase un biberón para un bebé de unos días de nacido y la leche de tarro correspondiente. "Y no olvides comprar pañales también para bebé de menos de un mes de nacido".

Daniel apareció con miles de interrogaciones en sus ojos.

—¡Creo que este bebé es hijo de nuestra Jimena —le dije y añadí—: alguien trajo a la criatura en una canasta y la dejó afuera, en la portada. Encontré estas misivas en la canasta escritas con letra de nuestra hija.

Daniel leyó el papel donde estaba su nombre y dijo:

—Este nombre de Ximeno es quizás la única forma de nuestra hija de decirnos que esta criatura es suya y que nació donde viven las tribus. ¿Querrá comunicarnos algo?

Asunción cambio el pañal y le dio su primer biberón al hambriento bebé. Al siguiente día adquirimos la cuna, ropa, leche adecuada para alimentarlo, bañera, etc. Todo lo que necesita un recién nacido. Los días que siguieron fueron de conjeturas, esperanzas de volver a ver a nuestra hija y al mismo tiempo desesperanza porque su silencio se hizo más evidente y nos preguntamos por qué ella no apareció con su hijito. ¿Por qué nos lo mandó de esa manera? ¿Sería, tal vez, para librarlo de un peligro inminente?

Por lo pronto convinimos no decir nada ni a Rocío ni a Pablo. Todos en la familia sabían el secreto de Jimena, menos Pablo a quien aún no le habíamos contado el verdadero motivo de la ausencia de su hermana. Tampoco mis padres sabían nada sobre Jimena. A veces conjeturaba si de pronto esa criatura no era en verdad hija de Jimena si alguien usó su nombre para deshacerse del pobre bebé. Con Asunción hablamos mucho acerca de eso, pero mi corazón me decía:, "sí, este es su hijo". Razonaba que allá en la selva había muchos peligros para un bebé y que por eso Jimena quiso, como pudo, enviarlo con sus abuelos.

En diciembre vino Rocío a visitarnos y su sorpresa fue muy grande al escuchar la historia del bebé. Lo tomó en sus brazos con tanta ternura y amor, que nos conmovió inmensamente. Todos derramamos lágrimas por la ausencia de Jimena.

—¿Y cómo se lo vas a explicar a Pablo, mamá? —preguntó Rocío alarmada.

—No sé todavía, hija. Yo no quiero decirle a él que su hermana está buscándolo allá en la selva. De pronto le da por ir a buscarla. No, no quiero correr el riesgo de perder a Pablo otra vez.

—Dile la verdad, mamá. Dile que lo dejaron en una canasta, así como dejaron a Edipo, según la historia griega. O como dejaron a Moisés, según los Testamentos...

—Y los papeles que vinieron con el bebé, ¿se los doy a conocer? —pregunté angustiada.

—Eso sí tienes que callarlo por ahora, mamá. ¡No hay de otra!

Otra gran noticia elevó nuestro espíritu en este diciembre: Pablo llamó emocionado desde Manizales para informarnos de su ingreso a la Facultad de Ciencias Geológicas de la Universidad de Manizales. Se sentía muy afortunado de ingresar a dicha universidad después de tanta incertidumbre respecto a su futuro. Desde su apartamento podía divisar el volcán del Nevado del Ruiz en toda su magnificencia.

Durante la cena, Daniel con tono malhumorado dijo:

—¿Qué diablos es eso de Pablo?... ¿Estudiar Geología?

—Es una noble profesión, Daniel. Trata del estudio de la Tierra y me imagino que como pasa con otras carreras, hay muchas ramas para especializarse —argüí.

—Esa carrera, como la Antropología y las Artes, es para muchachos ricos —replicó Daniel, malhumorado.

En Semana Santa llegó Pablo a *La Riverita* con el fin de pasar unos días con la familia, y naturalmente encontró que teníamos a Ximeno en la casa. La historia del bebé dejado en una canasta en la portada de la casa de *La Riverita*, fue la más fácil forma de explicar su aparición en nuestras vidas. Se dio cuenta del cambio de actitud que existía en cada uno de nosotros debido a la existencia del bebé, y así se lo manifestó a Asunción. Claro que le pareció extraño que hubiésemos escogido el nombre de Ximeno y aconsejó cambiarle el nombre, porque la gente pensaría que era hijo de Jimena. Estuvimos de acuerdo y lo empezamos a llamar Moisés, por aquello de haber sido encontrado en una canasta como el Moisés de la Biblia, pero esta vez en una Riverita, sin ningún riachuelo. Los ríos Pance y Meléndez estaban lejitos.

El nombre de Moisés me pareció demasiado grande para el bebé. Según el pediatra, cuando lo llevé a la consulta, apenas tenía cuatro semanas de vida. Le busqué un diminutivo: Moito. Pero no resultó y entonces todos nos pusimos de acuerdo en que, definitivamente, *Ximeno* sería su nombre.

Capítulo 6

Viaje a Cumbal

A mi regreso a Cali, al final de mi primer semestre de Geología en Manizales, le expresé a mi madre mi gran deseo de visitar Cumbal y San Benito en estas vacaciones.

Esta sería mi primera visita a la región de los volcanes después de ese tiempo de la leishmaniosis, del paludismo y de Blancaflor. En los primeros días de julio abordé uno de los buses que hacían el recorrido hasta la capital de Nariño. En la noche me quedaría en algún hotel para seguir hasta Cumbal al día siguiente. El padre Antonio me ofreció una pieza en la casa de la parroquia, cuando lo llamé desde Cali para anunciarle mi visita. En este viaje llevaba el corazón lleno de esperanzas, porque iba en busca de Blancaflor.

El padre Antonio se sorprendió al volver a verme porque sin lugar a dudas mi aspecto físico había cambiado; ya no era el muchacho de otros tiempos: enfermo y derrotado moralmente. Por su charla me informé que la familia Molina no había regresado todavía de un viaje a la capital. Le comenté que en su última carta Blancaflor me escribió que iba a viajar con sus padres a visitar una tía en Bogotá y otros familiares de su madre en Bucaramanga. No estaba segura cuándo regresaría a la hacienda.

Muy temprano en la mañana del día siguiente, salí camino a San Benito. Allá estaban mis amigos Cesáreo y Maclovia y quería sorprenderlos. Después de toda mi queja por las eternas caminatas durante mi cautiverio, descubrí que caminar es maravilloso, sobre todo en el campo porque la vista se recrea en la naturaleza y se siente la tierra y el aire que nutren con energía nuestra humanidad. En la selva, la guerrilla nómada anda de un lado a otro, escabulléndose de un enemigo real o irreal; sin embargo, para los cautivos las caminatas, a pesar del cansancio, llegan a convertirse en una especie de promisoria aventura albergando siempre la esperanza de encontrar en el camino su liberación.

Mi deseo de visitar a Maclovia y Cesáreo fue algo primordial en mis visitas a Cumbal y San Benito. No olvido nunca sus cuidados durante mi enfermedad de la selva, allá en el ranchito de la hacienda *Tierra Alta*. Ni podré terminar de agradecerles todo lo que hicieron por mí. Ellos ocupan un especial sitio en mi corazón. Sé que en su humilde casita de adobe siempre seré bien recibido y por qué no decirlo: querido y comprendido.

El recibimiento de Maclovia esta mañana fue tal como lo esperaba: alborozado, exultante… Había llegado Pablín, como me llamó siempre y por supuesto, tenía que sentarme a desayunar con ella y esperar a Cesáreo que no tardaría en llegar de la hacienda. Cesáreo seguía encargado de los establos y de la cría de caballos. En eso llevaba años, desde que don Felipe dio sepultura a su padre Celso Molina.

Mientras esperaba a Cesáreo, Maclovia me sirvió un formidable desayuno a la manera regional: café negro, pambazos con queso fresco, huevos revueltos, carne serrana y papa criolla.

Al estar solos aprovechó la oportunidad para contarme lo que ella sabía acerca de la vida de los habitantes de la hacienda *Tierra Alta*, la más importante familia de la región. Había trabajado desde temprana edad en la casa de los Molina, desde los tiempos de don Celso, el primer dueño de la hacienda, padre de Felipe. Y luego, para el matrimonio de Felipe y Lorena.

Como hecho importante en su vida, Maclovia comentó que ella había aprendido el arte de la costura porque su nueva patrona trajo a vivir a la hacienda a una prima de Bucaramanga de nombre Martha Lucía, experta en modistería. Fue ella la que le enseñó todo lo que sabía de modistería porque se convirtió en su ayudante por varios años hasta que Lorena decidió correr a su prima para que regresara a Bucaramanga y a ella también, por alcahueta. Pero según Maclovia, *esa era otra historia*, y nada interesante para mí. Como algo singular, escuchando los relatos de Maclovia, caí en la cuenta de que las gentes de los pueblos y veredas nariñenses anteponen para nombrar a una persona los artículos *el* y *la,* una costumbre que puede parecer peyorativa en otros lugares del país, pero muy arraigada en esa región de montañas.

Por los relatos de Maclovia, me enteré que el padre de Blancaflor había prestado en su juventud servicio militar en el departamento de Santander, y que estando allá se enamoró de la que es hoy su esposa, doña Lorena Sabogal

Quintero, la madre de Blancaflor, Juan Felipe y Florencia. Lorena Sabogal ejercía su profesión de maestra en la escuela de una vereda cercana a la base militar donde prestaba servicio Felipe Molina Rueda. Allá se conocieron y tuvieron un romance de año y medio. Después de haber cumplido su tiempo con el Ejército, Felipe regresó a *Tierra Alta* a la casa de sus padres. La novia de Felipe en Cumbal, su prometida, antes de irse a prestar servicio militar, era la hija de un buen amigo de su padre, y claro, nada de eso se le dijo a Lorena.

"Felipe llegó a ser la mano derecha de su padre en todo lo relacionado con el manejo de la hacienda. Don Celso permitió que Felipe dejase los estudios apenas terminado el bachillerato y entrara al servicio del Ejército. No era buen estudiante como para seguir los pasos de su hermano Juan David, un estudiante de Agronomía en la universidad de Nariño o de sus hermanas gemelas que también resultaron buenas para el estudio, según comentó la abuela de Felipe.

"Todo se vino a revolucionar en la hacienda con la muerte de don Celso, a consecuencia de un accidente en la carretera de Túquerres. Un accidente mortal para el chofer y su patrón, ocasionado por la falla de frenos del automóvil en el que viajaban de regreso a Cumbal y San Benito. Esa fue una gran tragedia porque trajo terribles consecuencias. La familia Molina Rueda ya no sería la misma; se desvertebró para siempre".

En la segunda taza de café y pambazos, Maclovia continuó su relato:

88

"Siendo el Felipe el hijo mayor de don Celso, quedó dueño y señor de la hacienda por decisión de su mamá, doña Martina Rueda. ¡Si usted la conociera, Pablín! Una mujer de temple, como no hay ninguna por aquí. Lo que ordena se cumple al pie de la letra. Su nuera, hijos y nietos la respetan. Y ni qué decir de la servidumbre. Todos en esa casa saben que sus decisiones no se contradicen. Juan David y las gemelas Isabel y Ana María, después de la muerte de don Celso Molina, su padre, trataron de rebelarse por la decisión de su madre de entregarle el manejo de la hacienda a Felipe. Juan David, de un carácter complicado, se fue de la hacienda y se alejó de su familia. Regresó a terminar su último año de estudios en Pasto y a seguir con su vida de casado, con una mujer y una hijita de meses. Su madre, doña Martina, parecía ignorar todo o tal vez pretendió no saber nada de los asuntos de su hijo".

Después de una pausa, Maclovia continúo:

"El Felipe tenía el apoyo y la confianza de su madre, algo muy importante si se piensa que doña Martina Rueda quedó por testamento, heredera universal de la hacienda y los negocios que había adquirido el matrimonio. De acuerdo con los deseos de su madre, el Felipe llegó a ser dueño y señor absoluto de todo, mientras viviera su madre. La gente lo llamó desde entonces *El Rey de Tierra Alta.* Y por supuesto, por estas decisiones familiares, los dos hermanos quedaron distanciados y no se hablaron nunca más. Las gemelas poco venían a la hacienda.

"Sobre el matrimonio de Felipe le cuento: al poco tiempo de la muerte de don Celso, apareció Lorena Sabogal. Llego a Cumbal, acompañada por algunos familiares y fue recibida en la hacienda como la prometida de Felipe. La sorpresa fue mayor para toda la gente de la región que esperaba que el Felipe se casara con la novia que tenía en Cumbal. Un mes después, Lorena y Felipe se casaron con mucho derroche de flores y cintas en la iglesia de San Pedro Apóstol. No hubo fiesta grande sino una cena para los más allegados a la familia. Doña Martina no permitiría festividades, por el luto que todavía se guardaba al finado don Celso.

"En la casa de la hacienda vive doña Martina, que por cierto tiene un temperamento nada fácil y la santandereana esposa de Felipe, ¡ni que decir! Después fueron llegando los hijos: Blancaflor, Juan Felipe y Florencia. Cuando crecieron uno a uno les mandaron internos a estudiar a Pasto. Y claro, las vacaciones las pasan en la hacienda. Las hermanas del Felipe se casaron y viven en Ipiales y Quito. Su hermano, creo que vive por allá en Boyacá"

Impaciente porque Cesáreo no aparecía, me salí en su busca; me urgía saber la fecha de regreso de don Felipe a la hacienda. La ansiedad de ver a Blancaflor, aunque fuese de lejos, me tenía desesperado. Alguien dijo que había visto a Cesáreo por los lados de la laguna. Hacia allá me dirigí, y al llegar, me di cuenta de los cambios en las orillas: los juncales habían crecido cubriendo buena parte del romántico sitio de mis primeros encuentros con Blancaflor. En el rústico muelle había dos barcas amarradas a un poste de cemento, la una pintada de azul metálico con el nombre *La Segurita* escrito en la proa y la otra, *La Maribel*, de gris y rojo.

Desde ese sitio podía admirar el paisaje surrealista del volcán Cumbal reflejándose en las aguas de la laguna semejante a un coloso en reposo. Experimenté de nuevo la atracción magnética que ejercía ese lugar en todo mi ser; había algo misterioso que se apoderaba de mi alma y me hacía sentir diferente. Un Pablo que todavía no conocía.

Regresé a la casa de mis amigos en San Benito, y allí estaba Cesáreo esperándome para saludarme con un fuerte abrazo. Me dijo que sus patrones llegaban esa semana. Le pedí que le llevase una misiva a Blancaflor apenas tuviese la oportunidad de verla. En ella le decía que quería visitarla en su casa, si ella lo deseaba. Pensaba que siendo ya un estudiante universitario su padre no se opondría a que la visitara.

¡Qué poco conocía yo a Felipe Molina Rueda!

Muy temprano en la mañana visité la casita de Cesáreo y Maclovia esperando tener noticias de Blancaflor. La noche antes habían llegado los Molina a la hacienda y Cesáreo tenía una nota para mí. En ella, Blancaflor me decía que no quería verme en su casa, pero sí en el embarcadero de la laguna.

Nos vimos unas cuatro veces durante el mes de julio: en la iglesia, en el embarcadero de la laguna y en los volcanes. Pero desde principios de agosto, ella no apareció más. Cesáreo me dijo que la familia se había ido de viaje pero que no sabía adónde. El padre Antonio me dijo por su parte que se habían ido a Quito a visitar a una hermana de Felipe. No sabía nada acerca de su regreso a la hacienda.

Hallazgo Macabro

Una frustración muy grande se apoderó de mí ser y entonces, para distraerme, decidí hacer algunas excursiones a los volcanes, por nuevas rutas en busca de lagunillas. Aprovecharía el tiempo que me quedaba en Cumbal para visitar el volcán Chiles, al que poco conocía y el que más me intrigaba. Deseaba saber el porqué de esa atracción tan latente en mi psiquis que me hacía considerar a ese volcán como si fuese algo vivo que presentía que tenía que ver con mi destino. Algo me decía muy dentro de mi ser que allá, en el Chiles, había algo que yo debía conocer. Averigüe con Cesáreo si había caminos en el Chiles que yo podía seguir para llegar al lado opuesto que daba al Ecuador. Sabía que allí encontraría una ruta fácil para subir hasta el cráter. Cesáreo no conocía el cráter del Chiles. Él había trajinado desde niño alrededor del volcán de la laguna y en dos ocasiones había subido hasta el cráter del Cumbal, pero el Chiles le era desconocido.

Le pedí prestado su caballo *Frijolito,* que según él, se conocía algunos de los caminos y trochas desdibujadas por la acción del tiempo y los factores climáticos. Pero antes de emprender el viaje al Chiles fui a Ipiales para comprar una carpa alpina para dos personas con la intención de que me sirviera para acampar en el volcán, aun sabiendo que las ventiscas eran conocidas por su fuerza y capaces de arrastrar cualquier carpa. Estaba decidido a vivir la experiencia de pasar unos días en las faldas del Chiles. Era necesaria una bolsa para dormir, bien acolchonada, con aislante aluminizado contra el frío, una linterna y una mochila para llevar implementos, y por supuesto, enlatados para alimentarme.

Con toda la parafernalia de campista ya organizada en el lomo y las ancas de *Frijolito* cabalgué por una angosta carretera destapada y después, por el camino de herradura que había en la parte media del volcán; buscaba los otros caminitos que se iban perdiendo para luego aparecer más arriba, pero me detuve al descubrir en medio de las rocas una lagunilla de aguas verdes y amarillas que llamó poderosamente mi atención por sus colores intensos, iridiscentes, llamativos. Me apuré a escalar un poco más porque vi que el sol se iba escurriendo secretamente en medio de la niebla que estaba cubriendo las montañas del *Nudo de los Pastos*. Todas esas nubes grises en la distancia parecían caballos erguidos galopando hacia el norte de la cordillera occidental, como si estuviesen huyendo de la niebla que los perseguía.

No avancé mucho porque en las trochas había mucha roca de lava solidificada, resbaladiza. Cuando la tarde terminaba, regresé a la lagunita; el caballo estaba cansado y sediento; le quité la montura y los frenillos para que pudiese saciar su sed. Saqué forraje de una bolsa para la cena del caballo. Acto seguido, y antes de que se perdiera la visibilidad, armé la carpa y organicé los alimentos. La bolsa impermeable que los contenía la colgué bien alto en el tronco de un árbol y lejos de la carpa, por si venían animales. Esto lo aprendí en la selva durante mi cautiverio.

Esa noche dormí arrullado por el silbido de la ventisca y tan profundamente que no recordé ningún sueño.

Cesáreo me había dicho que no me preocupase por el caballo, que si desaparecía, lo podía llamar con solo un silbido. En la mañana, después de un frugal desayuno, resolví ascender por las laderas del volcán. Las trochas desaparecían entre las rocas, la vegetación se tornaba más y más escasa a medida que ascendía. Seguí subiendo buscando caminos hacia el otro lado de la masa volcánica, aprovechando que el día estaba despejado y no tenía que preocuparme por los vientos, ya que estos siempre aparecían por la tarde. En una roca me senté para admirar el paisaje que se mostraba allá abajo; un paisaje como no había visto otro igual. Allá, hacia el occidente, bajo el volcán Cumbal y las colinas que lo circundaban, se veía la laguna de *La Bolsa* que semejaba, desde donde yo me encontraba, una mesa vestida con mantel plateado. Más allá, se divisaba el pueblo que lleva el nombre del volcán con sus casitas de tejados color terracota dispuestas en hileras en calles bien trazadas, como en una pintura de Mondrián; el gran monumento de la iglesia de San Pedro Apóstol con su torre y campanario, me hicieron pensar en uno de esos pueblos milenarios de los tiempos de peregrinos bizantinos; entre las colinas de los volcanes, la hacienda *Tierra Alta* en la vereda San Benito, y acá, bajo el volcán, el resguardo de Chiles y otras típicas veredas diseminadas en las planicies y colinas de la cordillera occidental. Los sembrados en las faldas de toda la región montañosa semejaban un gran rompecabezas, y en ese pesebre verde de los potreros pastaban animales en miniatura. Un paisaje pintado con una paleta de verdes que lucía resplandeciente por la luz directa de un sol de verano andino, frío y seco, que parecía estar en comunión con ese cielo azul cerúleo en esa mañana sin nubes.

Media hora después continué mi camino por una trocha que subía en zigzag y se perdía detrás de unas rocas con cavidades angostas que percibía profundas. Entre dos rocas y una maraña de ramas secas, casi imperceptibles a la vista por la vegetación desordenada y agreste, encontré un caminito estrecho pegado a la pared de una roca muy alta. Me aventuré a caminar por el estrecho sendero recostándome a la pared lisa de lava sólida y para mi sorpresa apareció un boquete bastante ancho, pero al mismo tiempo peligroso si perdía el equilibrio tratando de alcanzarlo. Al llegar al boquete alumbré con la linterna su interior y me las arreglé para entrar con cuidado mirando que no hubiese precipicios. Descubrí que más allá, donde se angosta el boquete, había una entrada a otra cueva muy amplia en su interior. Pensé: "si cae nieve será un buen lugar para ampararme de la intemperie".

Seguí explorando la cueva con la linterna hasta llegar a una especie de bóveda donde había una pequeña lagunita de aguas claras, alumbrada por un abanico de rayos de luz que descendía desde algún orificio allá en lo alto. ¡Un lugar místico! Escuché un ruido de aleteo… eran murciélagos saliendo de una cavidad, revoleteando en círculos por la bóveda para desaparecer sin duda en otro lugar de la cueva. Me acerqué entonces con sigilo hasta el lugar de donde salieron los murciélagos y alumbré con la linterna. Era una cavidad en forma de triángulo, más bien grande y con un piso de roca lisa. Algo llamó mi atención: allí, en el suelo, entre varios objetos dispersos y en desorden, vi dos cráneos y una osamenta de restos humanos. Asustado, busqué el camino al boquete de la cueva y salí como pude, para regresar al sitio donde había dejado la carpa. Ese macabro hallazgo me impresionó de una manera extraña. Quería bajar a San Benito para contarle a Cesáreo lo que encontré en la cueva. Sin embargo, me quedé otra noche a dormir en la carpa.

Esta noche, mi segunda noche en la falda del volcán, me dominó el cansancio y busqué temprano el amparo de la carpa. Un extraño viento de remolinos sopló en las alturas y por momentos pareció que se llevaría la carpa, pero yo había sujetado muy bien con piedras la lona de las esquinas donde estaban los amarres.

Al tercer día, bien por la mañana, decidí bajar hasta la casita de Maclovia y Cesáreo para contarles acerca del macabro hallazgo en la cueva del volcán. Con silbidos llamé al caballo como me había aconsejado Cesáreo y después de unos cuantos minutos apareció *Frijolito*. Organicé la carpa y bolsa en un talego. Otros implementos en la mochila. Y por último, le puse la montura al caballo para amarrar lo que iba a llevar. Fue fácil la bajada hasta San Benito. Esta vez me dejé llevar por el caballo que conocía el camino de regreso.

Maclovia sí sabía de la cueva, pero nunca entró y tampoco nunca escuchó que hubiese allí restos humanos. Habrían alertado a las autoridades. En la región sí se elucubraba que esa era la *cueva del diablo* porque de allá provenían ruidos extraños, y a veces, por días y días salían por el boquete nubes de humo que parecía como si alguien las soplara. Eso lo había escuchado desde los tiempos escolares. Pero los maestros les dijeron que eran fumarolas típicas de los volcanes.

Le pedí a Maclovia que no platicara ese hallazgo con nadie todavía. Yo regresaría a la cueva con Cesáreo, pero claro, si él no temiera al tal diablo. No fue fácil convencer a Cesáreo, pero después de tranquilizarlo con algunos argumentos decidió acompañarme y hacer conmigo ese viajecito al Chiles en la mañana del domingo. Su día libre.

En la cámara de la cueva donde estaban los restos humanos, después de asustar a los murciélagos que salieron despavoridos, alumbré con la linterna todos los rincones de la cavidad en penumbra. Había girones de tela sucia enredados con el desorden de la osamenta; también papeles y restos de morral, así como collares y brazaletes de los que usan las mujeres de la guerrilla. Cesáreo comentó que por el desorden y el estado de la ropa él creía que algunos animales habían estado allí.

Me di cuenta que los restos eran de personas que quizás habían estado huyendo de la guerrilla, y buscaron ese escondite porque se sentían perseguidas. Al mover con un palo el resto de lo que parecía ser un morral, vi algo así como un papel amarillo. Lo saqué con cuidado y me di cuenta que era un almanaque Bristol. Lo sacudí del polvo acumulado y descubrí algunos escritos en las márgenes de las páginas y en las partes vacías de los anuncios. Me llevé el almanaque y un dije con un nombre que apenas si se podía leer. Deseaba averiguar lo que había pasado y quizás también, quiénes eran esas personas.

Por los escritos del almanaque descubrí que los restos en la cueva eran de dos guerrilleras que escaparon y de seguro fueron perseguidas por la guerrilla urbana que tiene células camufladas en los pueblos. Una de las mujeres tenía el nombre de *Clema*. Así figuraba en el Almanaque Bristol. Me pregunté: "¿Sucedió quizá esta tragedia al mismo tiempo que yo agonizaba en el ranchito de *Tierra Alta?*"

Con Cesáreo y Maclovia decidimos no decir nada a las autoridades acerca del hallazgo de los restos humanos. En el imponente mausoleo del volcán nadie perturbaría la tumba de las dos mujeres. Ambas, sin duda, murieron allí solas y abandonadas a su destino. Me prometí averiguar quiénes eran y porqué murieron de forma tan trágica.

A mediados de agosto, me despedí de Maclovia y Cesáreo, lo mismo que del padre Antonio prometiéndole regresar el próximo verano.

Durante esos últimos días de vacaciones en la casa de mis padres, traté en vano de acercarme a mi padre. Le propuse que fuésemos a *La Argelina*, pero él me respondió con evasivas: para él todavía estaban vivos los recuerdos de ese día fatal allá en la finca.

En mi morral guardé el Almanaque Bristol que traje de la cueva del volcán y luego, a escondidas en mi recámara, ayudado por una lupa traté de ir descifrando los escritos en las márgenes del descolorido almanaque. En una de las hojas me llamó la atención un escrito, que decía así:

*"Averigüé con el indio sibundoy que mi herma-
no se fugó y quizás llegó a los volcanes... No sé a
cuál, si al Azufral y Doña Juana, al Galeras o al
Cumbal y Chiles".*

En otra hoja estaba escrito:

*"Después del río nos fuimos por la orilla de un
afluente. Ojalá que el marciano pueda salvarse de
las balas y las pirañas. No podíamos esperarlo. Los
buscadores nos pisaban la cola y dispararon al río.
Con la Clema pudimos escondernos en los ramajes y
troncos que traía la corriente. El Marciano no tuvo
suerte, se lo llevó el río o lo alcanzaron las balas.
Llegada la noche salimos a la orilla y nos quedamos
entre los árboles, tapadas con hojas por si alumbraban desde la otra orilla. Al amanecer nos fuimos por
la orilla de un afluente hacia adentro. Los indios de
una parcela nos ayudaron. Nos prestaron ropa para
vestirnos como indias, y así poder seguir por los caminos, sin ser detenidas".*

En una página de propaganda de jabón Lux, escribió:

*"La Clema se fue a conseguir alimentos y reme-
dios, pero ya es el tercer día y no regresó todavía.
Las fiebres siguen minando mi cuerpo, siento la
calentura en mi cabeza. Con la pierna hinchada no
puedo bajar. La bota no entra. Tal vez la Clema no
va a regresar y yo no me quiero morir aquí. No Dios
mío... Quiero llegar a mi casa y morir allá al lado de
mis padres y de mi hijo. Quiero ser sepultada allá en
las lomitas del Jardín de los Recuerdos, donde pueda*

ver todos los días el cielo, las nubes y las montañas
azuladas y las estrellas en las largas noches de ese
sueño eterno".

En la página de propaganda de pasta dental Kolinos:

"Llegó la Clema. No consiguió sino pan y pane-
la. La guerrilla todavía nos busca, y ella tuvo mie-
do y se escondió detrás de una casa hasta hoy, pero
teme que la hayan seguido".

En una página donde había un círculo:

"Nació mi hijo a las tres de la mañana, en un
lugar de tribus. Un águila lo llevó adonde debería
estar. No lo veré nunca más. La debilidad me tiene
postrada, el frío, el hambre... Dormir y dormir en
esta cueva para no despertar nunca más... Morir y
ya. No sentir más...".

En los bordes del almanaque, la tinta se había corrido
por la humedad y casi no se entendía nada de lo escrito.
Alcancé a leer un nombre parecido a *Betina* o *Bertina* y nada
más. El mismo nombre que estaba en el dije amarrado a
una cuerda y que casi no se podía leer aunque lo limpié
con pasta dentífrica. Pensé en las dos fugitivas, que habían
muerto allí en la cueva, posiblemente de hambre, enfermas
y presas del miedo. Prefirieron morir allí antes que ser en-
contradas por la guerrilla. No podía menos que sorprenderme al imaginar cómo pudieron estas dos mujeres subir
hasta la cueva. Sin duda alguna eso les llevó muchas horas. Quizás estaban buscando llegar hasta la otra cara del
volcán que da al Ecuador. Reflexioné en que yo tuve mejor suerte en mi escapada. La gente que me ayudó en San

Benito nunca me hubiese dejado morir de hambre. Ojala que *Chevrolet* y *Morisca* lograran liberarse y vivir en paz en algún rincón de nuestro país.

Regresé a mis estudios en la universidad de Manizales y me llevé el morral conmigo. Este morral guarda secretos de eventos que solamente yo conozco: el Almanaque Brístol entre otros. Pero también dos libros que me dio mi madre antes de partir; uno de Geología, *Misión: la Tierra* de Lorenzen Dirk H. Y el otro, *El Decamerón,* de Giovanni Boccaccio, escritor y poeta, del mil trescientos.

Antes de viajar a Manizales, le mencioné a Asunción lo de la cueva en el volcán, la que tiene el nombre de *cueva del diablo* y de cómo los cumbaleños creían que esa era la morada del demonio por los ruidos y fumarolas que se escapan de la boca de entrada cuando menos se esperaba. Le aseguré que no había encontrado nada que se pareciera a esas creencias, pero sí una lagunita de aguas cristalinas, cientos de murciélagos en una cavidad y también restos humanos. No dije nada del almanaque que encontré allá, no todavía.

Capítulo 7

Del manuscrito de mi madre

Una visita no esperada

A la ferretería, llegó una mujer joven de aspecto campesino y preguntó por el dueño. Necesitaba hablar en persona con don Daniel Arrollave; tenía noticias importantes para él. José, el empleado, dedujo que sería alguien de *La Argelina* y la hizo pasar a la oficina. Un sorprendido Daniel la saludó con cierta aprensión y con un gesto de la mano le mostró la silla frente al viejo escritorio, atiborrado de papeles y muestras de productos de ferretería.

—¿Qué se le ofrece? —le preguntó, en tono cordial.

—Mi nombre es Leticia Aguilera. Le traigo noticias de su hija Jimena —hizo una pausa—. No son noticias recientes, pero solamente ahora llegaron a mis oídos. Yo estuve fuera del país por un buen tiempo y regresé hace pocos días. Ayer en la tarde tuve noticias acerca de Jimena, y por eso estoy aquí porque creo que es importante que usted conozca esas noticias —otra pausa—. Pero, primero quiero que sepa que conocí a Jimena, alias *Betina* en el Guaviare, en la tropa del comandante *Feliciano*, alias *El Topo*. Ella era la enfermera de la guerrilla y también de unos detenidos.

Feliciano la tenía muy vigilada porque trató de escaparse en dos ocasiones. Nos hicimos buenas amigas cuando ella me aplicó las inyecciones contra la malaria; en esa ocasión me dijo que su nombre de pila era Jimena. La última vez que la vi fue en el Putumayo, en Mocoa, donde ella estaba convaleciente porque había tenido un parto antes de tiempo y padecía paludismo. Su hijito estaba en el hospital en una incubadora desde hacía un mes.

"Durante ese encuentro, le comenté a ella que estaba cansada de andar, y que además esperaba un hijo y quería ir adonde mi familia a cuidarme. Prometió ayudarme de alguna manera con el comandante, pero yo tenía que hacerle un gran favor si lograba salir, y era llevarme conmigo a su hijito para entregarlo a sus padres en Cali. Ella creía que podía sacarlo del hospital sin que nadie se diera cuenta.

"Así quedamos. Le dijo al comandante *Feliciano* que debido a los cólicos, vómitos y la hinchazón del vientre que yo sufría estaba segura de que necesitaba ser operada del apéndice y que en el hospital de Mocoa podían realizarme esa cirugía. *Feliciano* dio entonces la orden de llevarme al hospital para exámenes. Esa misma noche, con la ayuda de mi hermano y un médico del hospital, muy bien pagado por cierto, logré escapar vestida de enfermera. Jimena, vestida también de enfermera, sacó al bebé de la incubadora y puso otro en su lugar. Enseguida se lo entregó a mi hermano. Él ya tenía el maletín listo para poder sacarlo sin que se dieran cuenta. Los bebés se parecen todos a esa edad. Ese nieto suyo lo llevó mi hermano en un maletín por carretera y por avión, y luego en una canasta hasta su casa con los dos mensajes escritos por su hija. No hubo tiempo para más. Ella nunca me dijo el nombre del padre, yo tampoco se lo pregunté.

"Al despedirnos, me dijo en confidencia que andaba en busca de un hermano que había sido secuestrado y que estaba a punto de encontrarlo. Yo creía que a estas horas mi amiga ya estaría al lado de su familia. Siento que no haya sido así. Esta semana, luego de mi regreso al país, me enteré de que ella no pudo salir de la selva".

Suspiró profundamente y continuó:

"Las noticias de su hija no son buenas. Lo siento muchísimo. Ella y otros dos de su grupo huyeron durante una de esas horribles tempestades de la selva. Parece que la única opción al sentirse perseguidos fue la de deslizarse por el río que estaba crecido a causa de las lluvias y dejarse llevar por la corriente. La guerrilla los persiguió a plomo en barcazas hasta que desaparecieron en la corriente. Se conjetura que no se salvaron. Solamente encontraron el cuerpo del guerrillero apodado *Marciano* que huyó con ellas. Días antes había muerto *Feliciano*, el comandante del grupo de Jimena, en una escaramuza con el Ejército. Lo siento señor, Jimena murió ahogada".

Daniel escuchó en silencio el relato de la mujer frente a él. No la miró ni una sola vez mientras ella hablaba, porque estaba mirando el retrato de su hija encima del escritorio cuando era una niña todavía. Se cubrió el rostro con las manos al escuchar que Jimena murió ahogada y al mismo instante un grito de dolor salió de sus entrañas, un grito que retumbó como un alarido salvaje por el almacén, la oficina, las bodegas, las calles… El empleado del almacén y el bodeguero entraron a la oficina asustados. La mujer salió apresuradamente por alguna parte sin que nadie se diera cuenta y se perdió entre los anónimos transeúntes de las calles de la ciudad.

José, llamó a la casa de *La Riverita* alarmado por el incontrolable llanto de don Daniel y así se lo dijo a Asunción que contestó el teléfono. Después de recibir esta noticia lo llamé de inmediato y lo único que Daniel atinaba a decir entre sollozos era que Jimena se había ahogado. Le aconsejé dejar a José a cargo de la ferretería y venir en un taxi a la casa para contarnos lo sucedido, porque quizás lo que le habían dicho eran solo noticias falsas.

Durante varios días Daniel permaneció ausente viviendo como en un limbo. Un silencio extraño acompañado de suspiros y coloquios hacía ahora parte de su mundo. En una de esas noches de desvelo cuando se hace más fácil la comunicación entre parejas, me comentó que desde la desaparición de Pablo en *La Argelina* y después, con la de Jimena, él se había dado cuenta de que ya no era el mismo hombre:

—No, ¡no lo soy, no lo soy!… entonces, ¿en quién me he convertido? —se preguntaba angustiado una y otra vez.

Yo respeté el silencio de Daniel y me encerré en el mío. Lloré desconsolada no sé por cuántos días, metida en los recuerdos de la infancia y de la adolescencia de mi hija. Desde su desaparición, la sentía como una sombra, siempre a mi lado. Aprendí a vivir con su sombra y eso me consolaba de alguna manera. Con su muerte, mi universo se rompió en alguna parte. Y sin embargo, en este, mi universo que es mi familia, quedan aún Daniel, Rocío, Pablo y Adrián. Por ellos, me es imperativo apreciar la vida en todas sus manifestaciones y seguir encontrando cada día motivos de alegría, aunque sobrellevando las experiencias dolorosas, e inclusive demoníacas, que no faltan a lo largo de nuestra existencia. Tengo que ser fuerte, por ellos, por lo que queda de mi familia.

La noticia de la muerte de Jimena no se le comunicó a Rocío de inmediato y menos a Pablo que ignoraba el destino de esa búsqueda inútil que le costó la vida a su hermana. No sé por qué pensamos con Daniel que dándoles las noticias a mis hijos a cuentagotas sufrirían menos. Los secretos nos habían invadido la vida y vivíamos con ellos como si los necesitáramos para poder sobrevivir.

Asunsa me dijo que había soñado con Jimena y que en ese sueño ella vagaba etérea, en el mundo de los espíritus".

Capítulo 8

Una triste revelación

En este verano, durante mis vacaciones de estudios en Manizales, llegué a la casa de *La Riverita* a mediados de Junio. El primer día, después de cenar comenté acerca de Rocío y su última carta, en ella me decía que andaba muy enamorada y pensaba casarse apenas su novio terminara medicina.

—¿Y de Jimena, qué saben? —pregunté con cierta impaciencia—. Ha pasado mucho tiempo y no sé nada de ella. Siempre recibo evasivas cuando pregunto por mi hermana. ¿Cuál es el misterio?... ¿Qué pasa?... No soy un niño para no entender, lo que sea…

Daniel se levantó de la mesa con tanta brusquedad que la silla cayó a un lado y antes de irse, con voz quebrada por el dolor, exclamó:

—¡No le escondamos más la verdad, Amparo! ¡Ya no hay caso! Dile a tu hijo que perdimos a Jimena. Yo no puedo…

Los ojos de mi madre se llenaron de lágrimas y con gesto de profunda angustia me tomó de la mano.

—Vamos al estudio —me dijo.

Me pregunté "¿qué habrá pasado?". Nos sentamos en el sofá y esperé a que sus sollozos de angustia terminaran, para preguntarle de nuevo qué pasaba con mi hermana.

Mi madre, un poco más calmada, empezó a decirme:

—Hijo, has de saber que a los pocos meses de tu secuestro, Jimena fue en tu busca camuflada como guerrillera con uno de esos grupos subversivos que actuaban por los lados de Silvia. Una decisión irreflexiva que no pudimos evitar.

Sin ahorrar detalles me fue informando sobre el trágico desenlace de la fuga de Jimena, por allá en la región del río Putumayo. Tratando de contener las lágrimas finalizó:

—El río se llevó a los fugitivos. Esto apenas vinimos a saberlo hace poco, por la visita a la ferretería de una mujer que estuvo en la guerrilla y conoció a tu hermana. Ella le contó a tu padre que encontraron ahogado solamente a uno de los fugitivos.

Me habló luego sobre la misiva que dejó Jimena antes de marcharse en mi busca, como también de los mensajes escritos que llegaron junto con el bebé, su hijo. Y por último, trató de justificar su silencio respecto a esta tragedia para evitarme un extremo dolor y quizá impedir mi deseo de ir en su búsqueda.

—Con tu padre teníamos miedo de que tú, hijo mío, regresaras a la selva.

—¿Y Rocío, lo sabe todo? —pregunté abrumado por semejante revelación.

Mi madre hizo un gesto afirmativo.

Esa noche no dormí. Me sentía culpable, mil veces culpable por el destino de mi hermana. Tampoco podía entender el silencio de mis padres, de Rocío y de Asunción. ¿Pero podía reprocharles a mis padres el guardar el secreto de la desaparición de Jimena? Deduje que ese proteccionismo hacia mí sin duda se había generado por la enfermedad de Adrián, mi hermano, por las circunstancias de mi secuestro, por la desaparición de Jimena y quién sabe por qué más; cosas que le pasan al ser humano cuando las vicisitudes llegan y lo sacuden y lo dejan viviendo en un limbo. Reflexioné también que en nuestra cultura existe ese deseo de ocultar los hechos. Sé, por ejemplo, que por pedido de su familia, algunos médicos se prestan a ocultar la enfermedad que está matando a su paciente. Me preguntó: ¿Se puede culpar a la familia? ¡Por amor se cometen toda clase de desafueros!

La noticia de la muerte de mi hermana fue desgarradora para mí. ¡Pobre Jimena! Tan joven y ya era un espíritu. Me sentía culpable. Mi corazón estaba devastado, pero no podía llorar, estaba en plena catarsis. Me salvé de la roña de la selva, de la malaria e inclusive de morir en el camino donde me debieron dejar casi moribundo. Mi pobre hermana en cambio, no pudo sobrevivir a su infortunio, falleció en medio del hambre, del frío y del miedo, dejando a su hijo huérfano. ¡La vida es a veces injusta, tremendamente injusta!

A mi mente llegaron en tropel los recuerdos y un deseo imperioso de que nuestras vidas se hubiesen quedado en ese tiempo, de volver a ser niño otra vez, de suspender este tiempo, desarmando los relojes de la casa para detener las horas, rompiendo los calendarios para que no se fueran los días y los años, para que los momentos perduraran y las sensaciones permanecieran por siempre.

Durante muchos días el tema de Jimena, de su destino... ese que ella escogió de una manera tan ligera, tan irreflexiva, siguió anidado en un rincón de mi mente. Me consolaba pensando que sus años de estudio en la universidad quizás sirvieron para ayudar a esos pobres seres de la selva, de la que ella también hizo parte. Allá, en la selva, nunca vi un médico.

Mi madre me veía sumido en la congoja y el remordimiento y para consolarme, me repitió unas cuantas veces:

—Jimena escogió por sí sola irse a la selva. Nadie se lo pidió, hijo mío. Fue su decisión y ella era una persona adulta para tomar sus propias decisiones. —Con cierta filosofía añadió—: Quizá era *su destino,* y, aunque no creamos en él, parece que los caminos de nuestra vida están marcados en un mapa con tinta indeleble. Por lo menos eso creemos cuando llegan los avatares de la vida a golpearnos duramente, porque no tenemos otra explicación.

Con voz quebrada continuó:

—Pero, ¿sabes Pablo? Con el tiempo he ido aprendiendo y constatando que eso que llamamos *destino* no está escrito para la vida de los seres humanos. No, el destino de nuestra vida lo fabricamos nosotros mismos con nuestras actuaciones, el modo de pensar, las decisiones que a veces tomamos de una manera impulsiva y las circunstancias... pero también, como en el caso de tu secuestro, por la maldad del hombre con sus semejantes. ¡Hombres que no merecen pertenecer a la raza humana! Y volviendo al caso de tu hermana: ella construyó su *destino* de una manera impulsiva, al conocer tu infortunado secuestro. ¡Ella no tenía que buscarte! ¡No tenía que buscarte, hijo!

De nada valían sin embargo estos argumentos de mi madre, la tragedia de Jimena permanecía conmigo día y noche. Pensé que para paliar mis remordimientos necesitaba alejarme de la casa de mis padres. Allá, en los volcanes, encontraría sosiego a mi dolor; necesitaba estar imbuido en ese paisaje andino. Además, junto con la tribulación que experimentaba, estaba también el loco deseo de ir en busca de Blancaflor. Su silencio a mis cartas de los últimos meses me tenía terriblemente preocupado. Sin duda ella ya estaría en *Tierra Alta* disfrutando las vacaciones de su segundo año de universidad.

Tercer viaje a San Benito

A las cinco de la mañana ya estaba sentado en la parte trasera del bus que me llevaría de Cali hasta Pasto. Llevaba conmigo, para pasar las largas horas del viaje, dos libros: uno de ellos, regalo de mi madre: *"Estructura de la realidad"* de David Deutsch, una visión filosófica sobre la ciencia, la realidad de la vida y nuestros sentidos; el otro, de Charles Dickens, *"Cuento de dos ciudades"*. Del maletín saqué el primero y leí una página, pero mis pensamientos estaban lejos, con Jimena.

Recordé los tiempos pasados en la casa de *La Riverita*, cuando yo era un niño todavía, y a Jimena le gustaba hacerme bromas asustándome con voces de ultratumba y máscaras de monstruos que ella pintaba en las fundas de las almohadas; se escondía detrás de las puertas y en la oscuridad de los pasillos salía a mi encuentro. Y yo, más que asustado, gritaba y lloraba buscando auxilio con mi madre. Más tarde, en los años adolescentes, veraneando en la finca, los juegos de monopolio siempre terminaban mal. Rocío quería ganar a toda costa, pero Jimena, cuando se daba cuenta de que no tenía cómo comprar más hoteles, terminaba el juego de una manera abrupta y entonces las dos hermanas empezaban a tirarse almohadazos. Todos sabíamos que Jimena era la hija favorita de mi padre, y por lo tanto todas las alabanzas eran para mi hermana mayor. A mí nunca me importó esta preferencia, pero a Rocío sí. Por instantes medito en la vida truncada de Jimena: ahora, ella ya no estará presente en las cenas navideñas, en las celebraciones de cumpleaños. No estará en la graduación de Rocío, ni asistirá a su matrimonio, tampoco a mi graduación. Ya no formará parte de nuestra familia. Y lo peor, su hijo Ximeno crecerá sin conocer a su madre… y menos a un padre que nunca sabremos quién fue. ¿Cómo explicarle un día a su hijo el porqué de su aparición en *La Riverita*, el porqué de la muerte de su madre, y el no saber quién fue su padre? Para nuestra familia, este será un gran dilema por resolver en un día no muy lejano.

Del maletín saqué el libro de Charles Dickens, quizás el primer autor socialista de la época victoriana. En la primera página leí:

> *"Era el mejor de los tiempos, era el peor de los tiempos. Era la época de la luz, era la época de la oscuridad. Era la primavera de la esperanza, era el invierno de la tristeza .Era el año de 1775. En Francia había un rey y una reina, y en Inglaterra había un rey y una reina. Ellos creían que nada cambiaría nunca. Pero en Francia las cosas iban mal, e iban de mal en peor. La gente era pobre, infeliz y estaba hambrienta. El rey fabricó papel moneda y lo gastó, por lo que la gente no tenía nada para comer. Detrás de las cerradas puertas de las casas de la gente, las voces hablaban en susurro contra el rey y sus nobles. Eran solo susurros, pero eran los susurros de la gente desesperada".*

Cerré el libro de Dickens. Aun no podía concentrarme. Todavía estaba enredado en el mundo de Jimena. Traté de analizar lo que me dijo mi padre acerca de la nefasta noticia revelada por la mujer que lo visitó en la ferretería. Ella le había dicho que los baquianos de la guerrilla solamente encontraron un cuerpo en el río, el de *Marciano*. Me dije, "quizás las otras dos fugitivas pudieron escapar ¡Todo es posible!" Pero también conjeturé: "ya pasaron algunos años y si Jimena se hubiera salvado, ya hubiese aparecido por alguna parte…. Algún rumor hubiese llegado a oído de mis padres. Cerré los ojos, buscando la tranquilidad del sueño.

Durante el viaje volví una y otra vez al tema de mi hermana y su desaparición en el río Putumayo. Recordé que Asunción tuvo un sueño donde aparecía Jimena en el mundo de los vivos, esto me dio esperanzas, aunque esa revelación fue hace algún tiempo. No sé por qué, en mi memoria aparecieron los escritos del Almanaque Bristol que encontré en la cueva y el gran misterio de lo escrito en sus páginas por una de las fugitivas de la guerrilla. Allí, *Betina* narró brevemente su huida con *Clema*, la otra guerrillera, por el afluente de un río, y de la familia indígena que las ayudó en su escapada hasta refugiarse en la cueva del volcán. De cómo *Clema* desafiando el miedo de ser encontrada, había ido en búsqueda de alimentos y remedios para calmar el hambre y la fiebre; y por último. en el almanaque se mencionó la existencia de un hijo que nació en región de tribus. Leyendo esas páginas del almanaque, desde el primer momento experimenté una conexión extraña, algo que no podía explicar.

¡Pobre Jimena! ¿Acaso fue su *destino*? Mi madre siempre creyó que el destino no existía, y lo explicaba diciendo que cada uno de nosotros labra su destino, su vida. Como si al nacer nos dieran una yarda de tela, *"la vida"*… Cada ser humano hace con esa tela el traje que llevará puesto hasta el final de sus días.

Esa noche, en un hotel de Pasto, el frío no me dejaba dormir. Sentía la cobija húmeda de escarcha. En la mañana, a eso de las nueve, abordé el bus que me llevaría hasta Cumbal. Era el mismo bus de mis pasadas excursiones y como siempre, iba repleto con gentes de los resguardos de regreso del mercado en la capital de Nariño adonde acudían a vender sus productos agrícolas.

El padre Antonio me esperaba en la casa parroquial con un apetitoso almuerzo nariñense: predominante, la sopa de sémola de maíz con habas y repollo, algo nuevo para mí. En esta región de Nariño siempre tuve la sensación de estar en otro país: el lenguaje con su marcado acento serrano, la alimentación, las vestiduras, los mitos, el clima… Pero quizás fue la curiosidad por su cultura y el paisaje de volcanes lo que me atrajo inexorablemente a esta región de los Andes colombianos.

A orillas de la laguna

Respecto a la hacienda *Tierra Alta*, el Padre Antonio comentó:

—Últimamente hay mucho movimiento en la hacienda, como si un gran acontecimiento estuviera por celebrarse. —Hizo una pausa para tomar aire y añadió—: inclusive, hubo un viaje intempestivo de la familia de Felipe a Pasto este fin de semana.

A continuación recomendó que hablase con Maclovia y Cesáreo, quizás ellos sabían algo más de las idas y venidas de los habitantes de *Tierra Alta*. Si el padre sabía más, guardó cauteloso silencio.

En la tarde fui a San Benito a visitar a Maclovia; estaba ansioso por saber de Blancaflor, sobre todo porque las noticias del párroco me inquietaron. Maclovia me recibió con gran alegría, como se dice, con los brazos abiertos. Pero también se quejó de que no aceptara su hospitalidad y me quedara en su casa para estar más cerca de los cerros y de la hacienda.

La noté amilanada cuando finalmente comentó de los planes de don Felipe Molina, el padre de Blancaflor, de casar a su hija con el hijo de un acaudalado comerciante de Pasto, de nombre David Chamorro Sanmiguel. Según ella, el pretendiente llegaba siempre en un flamante carro a visitar a Blancaflor. Ese viaje precipitado de los Molinas para atender una invitación de la familia Chamorro era todo un misterio para ella.

La noticia de Maclovia me dejó perplejo. Experimenté la urgente necesidad de hablar con Blancaflor para aclarar tan sorprendente y nefasta noticia. La ansiedad no me dejaba pensar claramente. Dos días después regresaron los Molina a la hacienda y ese mismo día en la tarde, Cesáreo me entregó una misiva de Blancaflor en la que me citaba para vernos al día siguiente a eso de las diez de mañana en el embarcadero de la laguna.

Regresé a la parroquia y le dije al padre Antonio que agradecía su hospitalidad, pero que había tomado la decisión de vivir en casa de Cesáreo para estar más cerca de los volcanes y poder estudiarlos. Al llegar, Maclovia me tenía organizada su pequeña pieza de costura con una cama en un rincón cubierta con una manta hecha de retazos, un pequeño armario, una silla y una mesita. Ese fue el lugar donde viví, durante mis visitas a esta región de volcanes.

A la mañana siguiente salí temprano rumbo a la laguna en el caballo de Cesáreo. A un lado del embarcadero esperé ansioso la aparición de Blancaflor y cuando la vi llegar a galope moderado en su caballo Alazán, mi corazón quedó como en suspenso. Al verme, me brindó su sonrisa de Gioconda.

—¡Hola, Pablo! —exclamó, e hizo un ademán con la fusta para que la siguiera.

Trotando a paso lento la seguí por una trocha que no conocía, y se alejaba de la laguna adentrándose en una vegetación agreste hasta llegar a un lugar solitario en la parte baja de una colina donde había un bosque de eucaliptos. Detuvo el caballo, y entonces la ayudé a bajarse y ya en mis brazos, la apreté contra mi cuerpo y la besé.

Celoso como cualquier enamorado por lo que había escuchado de su casamiento, no pude disimular la frustración que sentía. Impaciente, quería escuchar de Blancaflor que eso de su matrimonio era mentira, que su padre la obligaba a casarse contra su voluntad.

Ella me confesó los planes de su padre para darla en matrimonio a David Chamorro Sanmiguel, heredero de una familia de ricos comerciantes de Pasto. Blancaflor lo había conocido en Pasto por una compañera de la Universidad, hermana de David. Este año, en dos ocasiones la invitaron a la casa de la familia Chamorro para celebraciones de cumpleaños y otras festividades. David se enamoró de ella y le mandó regalos y misivas con su hermana. A ella le pareció interesante que él se hubiese fijado en ella, empezando por su edad, él era cuatro años mayor. Blancaflor comentó a su madre sobre David Chamorro y enseguida se dio cuenta que a sus padres les parecía maravillosa la idea de ese pretendiente. Los padres de David invitaron a sus padres y a Blancaflor a su casa en Pasto. Y luego, visitaron también la hacienda. Y por supuesto, David la había visitado en las vacaciones de diciembre y de Semana Santa.

Desesperado, le pregunté:

—Y tú, Blancaflor, ¿estás dispuesta a casarte sin amor?

—Eso está decidido. Ya no hay vuelta atrás. ¿Entiendes?

—¿No le dijiste a tu padre que tienes un novio que se llama Pablo?

—No eres mi novio, solo un enamorado. Mi padre nunca te aceptará, porque él cree que eres un guerrillero. Además, tú sabes, soy una hija de familia todavía.

—¡Yo no fui guerrillero! Y tú lo sabes... Entonces, ¿lo nuestro… llega a su fin?

—Nos seguiremos amando toda la vida… si tú lo deseas.

—No entiendo. Si estás casada con otro… ¡No puede ser!

—¡Sí puede ser! porque yo te seguiré amando secretamente. Lo dejaremos todo, al tiempo.

—¿Compartirte con otro hombre? ¿Eso no te parece un absurdo?

—¡No, Pablo! Tú seguirás siendo dueño de mi alma… ¡Por favor! no hablemos más de esto… me duele de verdad. ¡Quiero estar contigo! Ven, ven conmigo...

Imposible entender los argumentos de Blancaflor. Tampoco conocía el carácter de Felipe Molina. Un día sabría todos esos entuertos que se fabricaban en *Tierra Alta*.

Resignado y al mismo tiempo loco de amor por ella, me dejé llevar de la mano como se lleva a un niño. Caminamos en busca de un lugar solitario, un nicho en medio de la vegetación de la laguna y cuando lo encontramos, ella tendió una manta de lana en un suelo cubierto de hojarasca. Allí, en medio de la naturaleza, nos amamos con toda la imaginable pasión de una juventud ansiosa por descubrir el pecado original. Ella me dijo que yo sería dueño de su alma por toda su existencia. Al despedirse, prometió visitarme en la falda del volcán, ese mismo día, antes de la media noche si me iba a acampar al Chiles. Ella estaría pendiente de la señal de *la luz de la lámpara* a eso de las nueve para que le indicase dónde estaba mi carpa.

En la casita de Cesáreo tenía guardada la carpa, la bolsa de dormir y los otros implementos para acampar que había comprado en Ipiales para mis excursiones a los volcanes. Maclovia me acompañó a comprar lo necesario de alimentos para pasar unos días en las faldas del volcán. Me entregó una lámpara Coleman de caperuza y me advirtió que tuviese cuidado y no la dejase prendida mucho tiempo para no alertar así a las gentes que siempre tenían puesta la mirada en los cerros tutelares, sobre todo en noches de verano.

Esa misma tarde subí el volcán Chiles para buscar un sitio donde armar la carpa alpina desde donde Blancaflor pudiese ver la luz de la lámpara. Encontré un sitio no muy lejos de la bifurcación de la carretera que sube un trecho de la estructura volcánica; allí estaría a salvo de los vientos y sería fácil en la noche guiar a Blancaflor hasta el lugar de la carpa. Un poco más arriba, desde una roca saliente le mostraría la luz de la Coleman, a la hora convenida. A eso de las once de la noche, la esperaba en la bifurcación del camino para guiarla hasta donde había acampado.

Por una semana, Blancaflor estuvo pendiente de *la luz en el volcán*. Antes de la media noche, ella se escapaba por la ventana de su alcoba situada en la esquina sur de la casa que daba a un terreno donde se entrenaban los caballos.

Cesáreo le dejaría una yegua lista con montura más allá de los establos y a su regreso a las horas de la madrugada, ella la dejaría amarrada a un pino, no lejos de la alambrada de los potreros. Cesáreo y Manuela, la niñera, eran sus cómplices para estas escapadas.

En estas noches de volcán, el sueño se nos escapó hasta las horas de la madrugada. En medio de una naturaleza que duerme y cuando solo se escucha el gemir de los vientos andinos y el aleteo de la tolda, nos amamos más allá de los límites del amor como los dos amantes apasionados que éramos. Entre descanso y descanso, hablamos de la vida, como suelen hacerlo los enamorados. Le conté mis grandes deseos de coronar mis estudios de Geología, de mi absoluto amor por la ciencia de la Tierra y también de mis sueños de formar un hogar con ella, y un día, después del medio día de nuestras vidas, vivir para siempre en esta región de volcanes.

Blancaflor me explicó la manipulación de sus padres para unirla en matrimonio con el hombre escogido por ellos; adujo que no podía oponerse a su voluntad por razones que no podía decirme al momento. Abrazados en ese lecho de suelo volcánico, arrullados por esa perenne música quejumbrosa de los vientos andinos, fabricamos unas horas de felicidad, como si más allá de la tolda nada existiera. Antes del amanecer, de regreso a la hacienda, el claro de luna alumbró los caminos para guiar a la jinete hasta el lugar donde debía dejar el caballo, para que luego, buscando las sombras proyectadas por los árboles, pudiera escurrirse hasta la casa donde el sueño la esperaba.

El sábado, bajo el sortilegio de una luna llena, le prometí seguirla amando y esperando toda una vida hasta tenerla a mi lado para siempre. La buscaría donde fuese, aunque en esa búsqueda se me fuera la vida entera. Ella juró amor eterno y recordar por siempre las noches de *una luz en los volcanes*. Al despedirse, esa madrugada, me dijo al oído: *Pablo, te dejo mi alma, hasta que nos volvamos a ver...*

Tristes noticias

El domingo, muy temprano, Cesáreo apareció frente a la carpa montado en *Frijolito* con la noticia de que don Felipe, su esposa y sus hijos se habían ido de viaje sin decir adónde.

Con su ayuda, desarmé la carpa, guardamos los implementos y los acomodamos al caballo; él se iría adelante y yo bajaría a pie. Pero antes de partir, me invitó a sentarme en una roca porque tenía algo para contarme.

—Pablín, esto es algo muy triste para contar. Se trata de la muerte de las mujeres en la *Cueva del Diablo*. Ayer escuché a Medardo, uno de los trabajadores encargado del ganado de leche, hablando de la guerrillera que había ido a pedir algo de comer a la casa parroquial y después a su casa. El padre Antonio le había dado una bolsa con alimentos y otra con ropa. La pobre mujer en su debilidad casi no podía con ellas. Uno de los vagabundos que hay en el pueblo se ofreció a ayudarla y desapareció con la bolsa de alimentos. Entonces la mujer fue a tocar la puerta de la casita de Medardo. Cuando él abrió la puerta se encontró con una mujer tan flaca que parecía un esqueleto vestido con harapos. Llorando le dijo a él y a su compañera que le habían robado lo que el padre le dio. Le dimos pan y panela y una botella de soda. La pobre casi no podía caminar. Ya otros trabajadores la habían visto en dos ocasiones en el pueblo y en la carretera con una mochila verde. La última vez que tocó la puerta donde Medardo, le dijo a mi mujer que no tenían que comer y que tenían mucho frío; que su hermana estaba enferma con fiebres y no podía caminar, y que tampoco tenían familia que las ayudase. La mujer del trabajador se ofreció a llevarles ropita usada y alimentos, pero la mujer no quiso decir dónde vivía. Nunca más volvió.

Yo creo, Pablín, que estaban enfermas y se murieron de hambre allá en la cueva. Todavía no me explico por qué se escondieron por allá y no fueron directo a la parroquia a pedir auxilio o a la policía del resguardo. No entiendo.

Después de escuchar el triste relato de Cesáreo, fui a la parroquia y averigüé con el padre Antonio sobre la mujer que estuvo pidiendo alimentos en varias ocasiones. El padre me comentó que la mujer era muy rara. Nunca quiso decir dónde estaban escondiéndose. Él se ofreció a ayudarla para que salieran ella y su amiga del escondite, pero quizás ellas sabían que había gente de la guerrilla infiltrada en el pueblo y tenían miedo. Le había preguntado si tenía familia, para llamarlos, pero parece que ni ella ni su amiga tenían a nadie.

Sobre el viaje de Felipe Molina, el padre Antonio comentó que la familia viajó a Bogotá, quizá en busca de cosas relacionadas con el matrimonio de Blancaflor y David Chamorro Sanmiguel programado para celebrarse el siete de agosto en la iglesia de San Pedro Apóstol. Esa fue la primera vez que mencionó el próximo matrimonio de Blancaflor.

Desconsolado al recibir esta noticia, pensé que sería mejor regresar a Cali. Sin embargo, opté por quedarme unos días más y subir hasta el otro lado del volcán que daba al vecino país del Ecuador. Temprano en la mañana, salí camino a la falda del Chiles, esta vez por las trochas para ganar tiempo. A medio camino, sentí de pronto una urgente necesidad de visitar la cueva donde estaba la osamenta de las dos mujeres. Los murciélagos salieron despavoridos al alumbrar la cavidad con la linterna. Sentí deseos de organizar la osamenta con el fin de armar los esqueletos con sus respectivos cráneos. El desorden allí en el suelo era terrible, todo estaba muy revuelto; separé los huesos y lo que quedó de basura lo arrumé en una esquina, pensando llevarme en otra ocasión esa basura en una bolsa plástica. Para repartir la osamenta de las dos mujeres, me guie por los cráneos que todavía tenían mechones de pelo: uno castaño, el otro negro. Después, recogí pequeñas rocas en la cueva y las cubrí en su totalidad hasta que quedaron invisibles a la curiosidad de cualquier persona. ¡Pobres mujeres! Ahora estarán formando parte del suelo del volcán. ¡Qué mejor tumba para un ser humano que dormir el sueño eterno en tan increíble mausoleo! ¡La cueva del volcán Chiles!

¡Que Dios las haya recibido en su reino!... como diría mi madre.

Dos días después regresé a Cali. Durante el viaje, cerré los ojos para recordar una a una, con detalles, las experiencias pasionales con la doncella de mis sueños. ¡Nunca la olvidaría! En mi mente se arremolinaban los recuerdos de esas noches sin sueño pasadas en la carpa, experimentando esos incipientes pero divinos rituales de amor. Esas noches la acaricié con mis manos, recorriendo toda la geografía de su cuerpo, para que no se me escapase nada al traer su imagen a mi mente en los tiempos de amor ausente. Tiemblo al recordar la divina ansiedad de su voz emocionada en estertores quejumbrosos al coronar la cumbre de la entrega total de sus sentidos. Se consumó la comunión de dos almas en esos rituales de entrega cuando los cuerpos llegan a ser uno: un solo corazón, una sola alma...

Durante mi estancia en *La Riverita,* durante el mes de agosto, y antes de regresar a mis estudios en Manizales, visité a mi padre en la ferretería con el propósito de informarle el gran deseo que abrigaba de hacer una maestría en Chile. Por supuesto, él no estaba interesado en mis planes de estudio. Para él, la Geología fue siempre tabú. En cambio, sí averiguó si en Cumbal había una ferretería decente. A él le gustaría abrir una allá y me recomendó averiguar locales y competencia en mi próxima visita al lugar. Antes de salir de la ferretería me preguntó:

—Y dime, Pablo, ¿qué es lo que te atrae de la Geología?

—Es una ciencia apasionante, padre —contesté—. Estudia la composición de la Tierra, su estructura y los procesos a través de los cuales ha ido evolucionando desde su formación. Algo así como el estudio del devenir de nuestro planeta.

—¿Y tú especialidad?

—Vulcanología. Tiene que ver con el estudio de los volcanes y todo lo relativo a sus erupciones, estructura y origen, así como también acerca de los efectos volcánicos sobre la atmósfera y la hidrósfera terrestre.

—Tenía la esperanza de que fuese algo relacionado con yacimientos de petróleo.

—No, en absoluto.

Me di cuenta que para mi padre todo esto de la Geología era algo nuevo, que no conocía mucho del tema.

Rocío vino de Bogotá a visitar por una semana. Aproveché para contarle de mi amor por Blancaflor, pero no le dije que nuestro amor era secreto. Y guardé también silencio acerca de su próximo matrimonio con un hombre llamado David. ¿Cómo podría explicárselo a mi hermana? No sabía todavía que don Felipe, su padre, me había declarado una guerra sin cuartel. Las consecuencias de sus manipulaciones las vine a conocer solo años después.

Rocío estaba feliz porque había culminado la meta de sus estudios con una maestría en psicología, y ahora podía dedicarse a organizar todo lo relacionado con su matrimonio, porque ya a Eduardo le faltaba poco para terminar medicina. En sus planes inmediatos estaba buscar un apartamento con dos alcobas, porque definitivamente, una vez casados, se radicarían en Bogotá. Eduardo empezaría su especialización en cirugía despues de hacer el internado requerido en un hospital de la capital y ella buscaría trabajo para ejercer su profesión.

Le pareció genial mi deseo de hacer mi maestría en Chile. Ella me ayudaría con los trámites de la embajada de ese país en Bogotá.

Escritos en el almanaque

Uno de esos días de espera hasta viajar nuevamente a Manizales a cursar mi cuarto año de estudios, Asunción preguntó en presencia de mi madre por el *Almanaque Bristol* que yo había encontrado en la cueva, y si había podido leer lo escrito en sus páginas. La miré sorprendido y no supe qué responder. No recordaba haberle contado a ella sobre el almanaque. Asunción dijo entonces:

—Tu madre sabe lo del almanaque… no es secreto de familia. ¡No entiendo cuál es el misterio!

—No hay ningún misterio, Asunción —le contesté un poco molesto y añadí—: según lo que he podido leer en las páginas se trata de dos mujeres que huyeron de la guerrilla y murieron allá en la cueva del Chiles. El único misterio es esa enorme atracción que siento por visitar esa cueva cuando estoy en San Benito. ¡Extraña, muy extraña esa sensación!

Asunción repitió su pedido de tener el almanaque en sus manos, quizás así podría sentir alguna vibración y saber si ellas eran de su tierra caucana. Yo sentía cierta reticencia de mostrarle ese almanaque porque me parecía que al hacerlo estaría violando las confidencias de la mujer que escribió en sus páginas. Mi madre alegó que ella entendería esa aprensión si yo las hubiese conocido, pero que no sabía quiénes eran.

Convencido al fin por su razonamiento, capitulé. Traje el deteriorado almanaque y se lo entregué a Asunción para que sintiera las vibraciones. Al tomarlo, pasó la mano por el papel de una página donde había escritos, y enseguida la retiró asustada…

—¡Miren, miren la letra! ¡Ay! ¡Dios mío! ¡Es su letra! —gritó asustada.

Mi madre arrebató el almanaque de manos de Asunción y reconoció al instante la letra de su hija:

—¡Es la letra de Jimena! ¡La letra de tu hermana, Pablo! —Lágrimas inundaron su rostro, mientras repetía—: ¡No se ahogó!... ¡no se ahogó!

—¡No puede ser..., están equivocadas!... Madre, Asunción, escuchen: ¡esas mujeres se llamaban *Clema* y *Betina*!

—¡*Betina*! ¡Ese es el nombre que le dio la guerrilla a tu hermana! —gritó mi madre, presa de una angustia terrible, y añadió—: ese fue el nombre que dijo Eustaquio a Daniel. *Betina* era el alias de tu hermana. Así lo dijo también la guerrillera que visitó a tu padre en la ferretería. ¡Dios mío! ¡Finalmente encontramos a mi hija!

Mi madre y Asunción sin poder contenerse lloraban desesperadas. Yo todavía no podía creer en esas suposiciones. ¡Era imposible!

Más tarde, un poco más tranquila, mi madre dijo:

—Entonces, ¡hijo mío!, tenemos que decírselo a tu padre. Hay que hacer un viaje a Cumbal cuanto antes para recoger sus restos…

No podía creer lo que oía. Traté de convencer a mi madre de dejar los restos allá en la cueva del volcán.

—Madre, escúchame bien: yo pienso que allá donde está mi hermana, si es ella, porque puede haber otras *Betinas*. En esa tumba del volcán, allá debe quedarse..., exactamente como el faraón Keops en la pirámide de Guiza. Esa tumba en el volcán, es la más gloriosa tumba que un ser humano puede escoger para su viaje al más allá. ¿Sabes la edad de ese volcán? Tiene más o menos de seis a siete millones de años de edad. Cuando nació Jesús en Belén él ya existía. Cuando Colón descubrió América él ya existía... Su altura es de 4.748 metros. ¡Allá viven los cóndores y las águilas!

—Pablo, ¡tú sí que tienes ideas!— dijo mi madre molesta y añadió—: déjame el almanaque para leer lo que Jimena escribió, y después hablamos.

—Está bien, pero antes quiero que tú y Asunción me escuchen con la mente abierta y piensen: Allá en esa región de volcanes donde fui abandonado, recobré mi salud, encontré el amor de mi vida, y por último, encontré los restos de la hermana que me buscó y perdió su vida en esa búsqueda. ¿No creen ustedes que son hechos extraordinarios? La cueva donde están sus restos, no queda a la vuelta del camino. ¡Oh! ¡No! Esa cueva es un lugar que ni en los más locos sueños hubiésemos imaginado sería la tumba de Jimena. Quiero que se pregunten: ¿por qué nuestras vidas, la de Jimena y la mía, aparecieron allá en esa región de los volcanes? Yo creo que allá estaba el final de nuestras vidas. Yo no debía morir todavía, aunque estuve dos veces sentenciado..., encontrar a mi hermana estaba en mi destino. Y sea como sea... ¡Ella me encontró! ¡Yo la encontré! ¡Nos encontramos!

Más tarde, comparamos la letra del almanaque con escritos de sus cuadernos de estudio y no nos quedó ninguna duda: era su letra, la letra de Jimena. El nombre de *Betina*, el nacimiento de su hijito coincidía con la fecha cuando fue encontrado. Jimena escribió que su hijo *"nació entre tribus y un águila lo llevó adonde debería estar"* Quizás se refería a la mujer que visitó a mi padre, de apellido Aguilera, quizás su alias era *Águila*. Parece que Ximeno nació en el Putumayo, allá hay tribus de la etnia Sibundoy.

Su deseo de no morir en la cueva y de ser enterrada en un jardín abierto, en el Jardín de los Recuerdos, le pareció a mi madre y a Asunción un pedido que se debía cumplir. Alegué que tendríamos que sepultar la osamenta de *Clema* y la de Jimena en un solo osario. Ya habían pasado varios años. Argumenté lo mismo que les había dicho antes y finalmente estuvimos de acuerdo en dejar a Jimena en el volcán. A mi padre se le ocultó esta noticia por muchos años. Un secreto más de los tantos en nuestra familia.

Misión cumplida

En estos dos últimos años de universidad en Manizales para completar mis cinco años de estudios, me dediqué a estudiar con ahínco, determinación y entusiasmo la ciencia de la Tierra para un día no muy lejano recibir mi diploma de Geólogo. En los foros universitarios se habla mucho actualmente de la conservación de nuestro planeta, porque nos estamos dando cuenta de que hemos cometido innumerables daños al medio ambiente que quizá sean irreversibles. Más de la tercera parte de la superficie terrestre ha sido modificada por la acción humana. La concentración de dióxido de carbono en la atmósfera se ha incrementado cerca de un treinta por ciento desde el comienzo de la revolución industrial. Y no obstante, a pesar de los graves daños ocasionados al medio ambiente, quizá el planeta sea capaz de sustentar vida por otros quinientos millones de años. Un día, sin embargo, el sol se apagará y la vida desaparecerá. Nuestra Tierra se convertirá entonces poco a poco en una Luna, un Marte, un Júpiter… un planeta muerto.

Para mi graduación en Manizales, estuvo presente toda la familia Arrollave Murcia, incluyendo Asunción. De Bogotá viajó Rocío con su esposo Eduardo, y del Tolima, mis abuelos maternos.

Rocío trajo noticias positivas sobre mi ingreso a la Universidad de Santiago en el mes de enero con el fin de cursar una maestría en Vulcanología, necesaria para mi profesión de docente. Mis abuelos prometieron seguir subsidiando mis estudios durante esos dos años en Chile.

Durante la cena de celebración, me di cuenta de la gran satisfacción que mi padre sentía. Y pienso, que finalmente se reconcilió con la profesión que escogí.

También hizo un comentario favorable respecto a la barba que lucía, barba medio *victoriana,* según mi barbero, y que dejé crecer durante mi último año en Manizales.

—Ganaste años con esa barba y sobre todo, seriedad —dijo, inspeccionando mi rostro.

Una semana después viajé de Cali a Bogotá en el carro Chevrolet, regalo de graduación de mis padres. En la capital debía adelantar asuntos pertinentes a mi estadía en Santiago por los dos años que durarían los estudios de la Maestría. Eduardo, esposo de Rocío, no podía creer que finalmente la ciencia había sido la profesión que encontré después de tanta incertidumbre en esos tiempos en la búsqueda de un derrotero. Le expliqué que todo empezó por esa tremenda curiosidad de conocer la función de los volcanes, allá en Nariño. Por esa atracción un tanto mística que sentí en esa región de los Andes y que me impulsó al estudio de la tierra, nuestro planeta.

A mi regreso a Cali, sentí grandes deseos de viajar a Cumbal y San Benito. Mi madre salió conmigo a comprar regalitos para Maclovia y Cesáreo, así como también una carpa alpina para reemplazar la que dejé en San Benito.

Para el padre Antonio tenía dos libros: *"Clima y tierra en su geológica relación"* de Croll James y *El Vulcanismo,* de James Monroe.

Eventos en San Benito

Un viernes, a la madrugada, mientras todos dormían, salí de la casa rumbo a esta, mi ansiada visita a San Benito. Necesitaba estar allá, en medio de las montañas, y sentir ese aire frío y seco de los Andes. Necesitaba la soledad del páramo, de ese espacio místico, allá, en la altura de los volcanes.

Esa noche pernocté en Pasto, ciudad recostada en la falda del volcán Galeras, y en la mañana de ese viernes estuve listo para continuar mi viaje hacia Túquerres. Antes de dejar el hotel, le dí, desde la ventana de mi pieza, una última mirada al Galeras. Allí estaba ese hermoso volcán, como una divinidad incólume en la creación de los Andes americanos. El gran cerro en toda su grandiosa majestad, dormitaba bajo un cielo mañanero, dueño y señor de tierras que por el oeste se van estrechando hasta el mismo océano Pacífico, y por el Este, hasta más allá de la selva colombiana.

Me sentí privilegiado de poder admirar esta región de Nariño: una región de montañas ricas en agricultura, con interminables tierras de cultivos, y donde los paisajes que forman el Nudo de los Pastos y sus tres cordilleras nacientes, nos sorprenden con los conos de sus cinco volcanes: el Galeras, el Azufral, el Doña Juana, el Chiles y el Cumbal. En mi recorrido por el arabesco de sus carreteras abismales, en los campos abiertos de su geografía, busco impaciente las nubes allá en el cielo, con el propósito de estudiar el clima que me espera en mi recorrido hacia Cumbal. Cuando era niño me gustaba observar las nubes viajeras desde el jardín o desde las ventanas de la casa. Con la vista seguía la procesión de nubes, imaginando que esas masas flotantes al llegar a las cordilleras pasarían por sus cumbres y más allá se desvanecerían en el aire azul. Un paisaje de mi Valle que siempre está conmigo. Este día veo las nubes desplazándose muy lentas hacia el este, hacia los valles y cañones del macizo andino.

Bajando por la carretera hacia Cumbal en el carro Chevrolet, el paisaje andino de montañas y planicies se muestra diferente a mis ojos. Puedo apreciar mejor las veredas de la región intercaladas entre sembrados, potreros y bosques; todas ellas diseminadas en las colinas de las faldas de los volcanes Chiles y Cumbal, cerros gigantes de estructura violácea que se levantan misteriosos desde un mar de colinas verdes hasta llegar el cielo.

Este mediodía, el sol baja perpendicular derramando cristal derretido, en los picos y cimas de la cordillera occidental. Allá abajo, en la base del Cumbal, la laguna de La Bolsa reverbera en un espejismo de brillante escarcha. Más acá, después de unos bosques, percibo la población de Cumbal con sus calles alineadas, como si hubiesen sido trazadas por el arte de *Mondrian*. La iglesia de San Pedro Apóstol en la plazuela de adoquines luce su torre y campanario como un gran monumento de la cristiandad, en paradoja con los mitos extraños de sus feligreses, los habitantes del resguardo. El aire frío del Nudo de los Pastos penetra sutilmente en mis pulmones y me hace sentir joven y vigoroso; un hombre listo para luchar contra lo imposible.

En mis divagaciones, me pregunto: "¿Dónde estará Blancaflor? ¿Ya habrá llegado a la hacienda? ¿Qué será de ella?". Maclovia comentó que ella estaría allí en los meses de julio y agosto. Habló de una celebración, pero no quiso adelantar nada sobre eso.

¡Ay, Blancaflor! …si el amor de pronto nos enmudece, nos ciega, nos enloquece o nos derrumba, con encontrar un símil no vamos a cambiar nuestro destino. Confieso que en estos años sin verte, he tenido mis aventuras de hombre, pero estos cortos romances han sido falsos curanderos.

Estoy pasando frente a la Iglesia de San Pedro Apóstol en busca de la salida a San Benito. En la carretera que también es una calle larga, diviso después de media hora la casita de Cesáreo y Maclovia. Veo que ambos esperan en el dintel de la puerta, y cuando me ven llegar, lágrimas anegan los inquisitivos ojos de paloma de Maclovia. Después de un estrecho abrazo Cesáreo y su mujer me invitan a entrar al interior y sentarme con ellos a la mesita que espera vestida con mantel bordado con rombos blancos y verdes. En una jarra hay café humeante y en la bandeja de aluminio, una torta de natas, especialidad de Maclovia.

Cesáreo dice que yo estoy cambiado, me ve más hombre, más formado, he dejado atrás la cara de joven lampiño, quizás por aquello de mi barba victoriana. Su mujer está de acuerdo: "¡Está guapo mi Pablín!"

Les conté que ya había terminado mis estudios y deseaba seguir estudiando por dos años más, en Chile. Ellos piensan que el estudio de la tierra tiene que ver con minas de oro y petróleo y que pronto seré muy rico. Les comenté sobre mi deseo de enseñar para así tener tiempo para mis otros amores: la lectura, las investigaciones y los viajes. Les expliqué de una manera simple, algo que ellos ignoraban sobre los volcanes y sus erupciones:

"Todo eso que está allá, en el centro de la tierra en una eterna combustión y a muchos kilómetros del cráter del volcán, es lo que llamamos magma. Imaginen una bolsa de minerales, rocas en estado líquido y a una altísima temperatura produciendo gases. Por la intensa presión que ejerce desde abajo, este fuego líquido y los gases en un momento dado ascienden hacia la superficie creando cámaras dentro y por debajo de la corteza sólida, produciéndose así los terremotos al buscar la salida por el cráter que es la boca de la chimenea. Por este cráter sale vapor de agua, humo, gases, cenizas, rocas incandescentes lanzadas al espacio, a la atmósfera y la lava brota como ríos bajando por la ladera del volcán. Eso que llamamos lava es en realidad fuego líquido de roca fundida.

"La mayoría de los volcanes o cerros como ustedes los llaman, tienen la forma de pirámides, sin las puntas… Desde el interior del volcán, por la acción del fuego y los gases empieza a formarse una especie de cono, luego, la parte exterior se va revistiendo por la aglomeración de lava y productos fragmentados que caen durante las erupciones. Hay que tener

en cuenta que todos esos gases emitidos por los volcanes no desaparecen fácilmente. Continúan como nubes por mucho tiempo alrededor de la Tierra e influyen en el cambio del clima".

Cesáreo comentó que ahora se daba cuenta de que los mitos de su gente con respecto a los *Cerros* no estaban tan alejados de la verdad, porque ellos sabían que en su interior había un fuego como en el infierno y que durante las erupciones, la tierra gritaba y se estremecía con desesperación y, también, que la bolsa de la Mamá de la humanidad estaba en lo profundo de la laguna, conectada con los cerros.

Luego, tocando el tema de *Tierra Alta*, Maclovia hizo algunas confidencias sobre el matrimonio de Blancaflor y David Chamorro: "La joven pareja tenía una hijita de nombre Paola; David no había cambiado y todavía llevaba la vida disoluta y descarriada de soltero, olvidando que ya no lo era; su suegro se las había tenido que ver varias veces con su yerno, en cruentos combates de palabras, librados entre ellos en presencia de Lorena y Blancaflor; la pareja residía en Pasto, pero venía a menudo a visitar a sus padres y se quedaba por una o dos semanas; ella, Blancaflor aprovechaba estas visitas para montar su caballo alazán, su mascota consentida; su marido llegaba los fines de semana con amigos, y esos días eran de parranda y pesca en la laguna, donde abundan las truchas Arcoíris; David Chamorro tenía fama en los resguardos de Cumbal y Chiles de ser un borrachín pendenciero y mujeriego".

Por último, Maclovia me informó que ese siete de agosto se celebraría una misa de aniversario matrimonial en la iglesia de San Pedro y comilona en la hacienda para celebrar los dos años de matrimonio de la pareja. Le parecía extraña la celebración porque David no tenía buenas relaciones con sus suegros. Una noticia triste: el padre Antonio ya no estaba en la parroquia, Cumbal tenía un nuevo párroco, el padre Gabriel, oriundo del departamento del Cauca.

Le pedí a Cesáreo que no le dijese nada de mi llegada a Blancaflor, "no todavía, después de todo, ella está casada", argüí. Esta advertencia fue tardía, porque Cesáreo ya le había contado de mi visita y tenía una misiva para mí.

Al día siguiente nos fuimos a caballo con Cesáreo, para subir hasta la cueva y visitar la tumba de Jimena. En la noche les había contado que yo creía que una de las osamentas de la cueva, pertenecía a mi hermana Jimena. Que eso lo descubrimos por los escritos en el Almanaque Bristol. No quedaban dudas, porque comparamos la letra y mi madre estaba muy segura de que esa era la letra de mi hermana.

Observé que todo estaba igual en la tumba de Jimena y *Clema*. Nadie había movido las piedras amontonadas contra la pared para cubrir las osamentas. Detrás de una de las piedras grandes dejé una camisita y un retrato de Ximeno.

Para mi cita con Blancaflor, Cesáreo me prestó a *Frijolito,* su caballo. Hacía dos años que no la veía, dos años de reprimidos deseos de tenerla en mis brazos, arrimada a mi cuerpo; dos años de resentimiento, de celos, de rabia porque estaba al lado de otro hombre. Sin embargo, a las nueve de la mañana ya estaba en el desembarcadero esperando que llegara mi vida, para seguir viviendo... Esta era la triste realidad de mi desventura de amor, un amor frustrado.

La mañana estaba húmeda. En la laguna se había aposentado una niebla que no dejaba ver mucho y que se iba esparciendo lentamente como un manto gris sobre las colinas y los campos donde pastaba el ganado. En el cielo del norte las nubes raudas y grisáceas navegaban ufanas hacia la cordillera, como para no dejarse alcanzar por la niebla. En la orilla cercana al embarcadero soplaba una brisa suave que mecía los bejucales de una manera uniforme hacia el cono del Cumbal que lucía despejado.

Encuentros prohibidos

La vi llegar en medio de la niebla semejante a una aparición, cabalgando en su caballo alazán como una *Juana de Arco*, que por encanto salió de la nada. Mi corazón quedó petrificado. Ella detuvo el caballo por un instante frente a mí para decirme: "¡Hola!" y sonreírme con esa su sonrisa de Gioconda.

Quedé desarmado, sin voz, pero alcé la mano para saludarla.

—¿Vamos? —dijo ella, haciéndome señal con la fusta para que la siguiera. La seguí en silencio por un estrecho sendero entre rocas que desaparecían en la niebla. Luego de cabalgar por unos momentos en medio de una vegetación agreste percibí una choza semiderruida y abandonada. Blancaflor detuvo el caballo y después de bajarse lo amarró a un árbol. De su montura, ella quitó unas mantas y me las entregó. Todavía en silencio, como si fuera un niño, tomó mi mano y me llevó al otro lado del ranchito donde había una puerta desvencijada que no fue ningún obstáculo para entrar. En el suelo duro de tierra pisada tendimos las mantas y nos sentamos frente a frente. Entonces, nuestros ojos se encontraron y hablaron por nosotros. Ella rompió el silencio diciendo:

—Pablo, me gusta tu rostro con esa barba ¿cuánto hace que la tienes?

—¡Um! Hace poco tiempo. La dejé crecer, quizás para irme acostumbrando a la idea de ser un profesor.

—Nunca besé a nadie con barbas… que no fuese de cuatro paticas. De niña teníamos un chivito simpático, que lo consentíamos con Florencia y le llamábamos *Maní*.

—Siempre hay una primera vez para besar a alguien con barbas... ¿Quieres tocarla?

—Para eso hay tiempo. ¿No crees?

—No he tenido noticias tuyas en mucho tiempo, porque te olvidaste de mí, ¿dónde crees que vas encontrar ahora tiempo para mí? —le reclamé con sorna.

—Por favor, Pablo, no perdamos el tiempo con recriminaciones… ¡Te amo! Y tú lo sabes, por eso estas aquí. ¿No es así?... No te imaginas los deseos locos que tenía de verte. Tuve que inventar una celebración de mi segundo aniversario de casada con David, aquí en San Benito para encontrarme contigo. Sabía por Cesáreo que vendrías después de terminar tus estudios. ¡Quería felicitarte! Y darte algo, porque tu gran triunfo merece un regalo. ¡Yo soy tu regalo de grado! ¿Cómo te parece?

Estrechándose contra mi cuerpo buscó mis labios.

—¡Bésame, Pablo!, quiero que me ames como en esas noches de la carpa alpina, allá en el Chiles…Te he estado esperando por dos años: cada día, cada noche inventando una nueva mujer para poder sobrevivir sin ti. ¿Sabes Pablo?... pensar en ti, es lo único que le da sentido a este mundo mío… ¡Ámame con toda tu alma!... pero antes, devuélveme la mía, para poder corresponderte. Te la dejé al despedirme en esa última noche en el volcán, ¿recuerdas?

Olvidando el frío que salía de la tierra misma, nos despojamos de la ropa, y juntos nos envolvimos en las mantas. Nuestros cuerpos encontraron el calor de la pasión y nos amamos con el deseo reprimido de más de dos años de ausencia. La cercanía a los volcanes nos trasmitía la energía y el calor de su magma y nos hacía sentir tibios y leves como plumas. Por unas horas en esa mañana de julio, nos olvidamos de la realidad de nuestras vidas. No existió el tiempo, ni lo prohibido de las circunstancias en que ella navegaba. En nuestros profundos deseos y emociones llegamos a ser un solo ser, entonces nuestra humanidad se convirtió en un solo cuerpo, un solo corazón, una sola mente, una sola alma. ¿Cuánto tiempo duró la magia de este hechizo?

Pocas horas después, mientras ella se vestía para su regreso a la hacienda, me dijo en secreto:

—Pablo, creo que tenemos una linda hija... se llama Paola. Casi estoy segura que la concebí en el volcán, en esas noches cuando te visité hasta la madrugada, días antes de casarme con David.

—Si no estás segura, no me ilusiones. Tengo que verla para sentirla, y darme cuenta si esa criatura tiene realmente mi sangre. Mientras tanto, ella tiene padres. ¿No es así?

Al despedirse, Blancaflor prometió visitarme en el volcán Chiles por unas noches antes de que llegaran David y su familia de Pasto. Ella vendría a visitarme a eso de la media noche como lo hizo en otro tiempo, en nuestros primeros encuentros furtivos.

—No te olvides de mostrarme *la luz en el volcán*, para estar segura si me esperas —dijo en susurro a mi oído y añadió—: Te dejo mi corazón, y en la noche me lo devuelves.

A mi regreso a la casita de mis amigos, desesperado por el corto tiempo para organizar las citas de la noche, saqué la carpa, la bolsa de dormir y demás implementos que todavía estaban en el baúl del carro. Maclovia fue conmigo al pueblo a conseguir alimentos para pernoctar unos días en el volcán.

En la tarde emprendí el viaje a caballo llevando conmigo la carpa e implementos para acampar por pocos días en la falda del volcán Chiles. Al llegar a la falda, busqué la trocha conocida que me llevaría al sitio donde había armado la carpa en una pasada ocasión. Los vientos volcánicos soplaban reciamente y tuve que sujetar las esquinas con más chazos y rocas, para evitar sorpresas. A eso de las nueve de la noche prendí la lámpara y le mostré *la luz* a Blancaflor para que la viera desde allá abajo, en la hacienda.

Antes de la media noche, la esperé en un sitio estratégico donde empezaba la bifurcación de la carreterita que sube parte del volcán, para guiarla hasta la carpa. Apenas si usamos la linterna, había una luna resplandeciente de verano que alumbró el tortuoso camino.

La pequeña carpa alpina se convirtió para nosotros, los amantes del volcán, en nuestro universo. En el silencio de la noche, envueltos en ese misterio de la madre Tierra, arrullados con el gemir del viento andino y bajo el hechizo de una luna cómplice, ella, la doncella de mis sueños, después de los rituales de amor, amarrada a mi cuerpo y con su vocecita de niña consentida recitaba:

147

"Y que yo me la llevé al río, creyendo que era mozuela pero tenía marido…" *"Muslo a tu muslo, boca a tu boca, quiero quedarme en vos"* de Lorca y de Benedetti, sus poetas preferidos en estos tiempos de amoríos prohibidos. También en soliloquio musitaba sobre nuestro futuro, imbuido en un mundo quimérico y novelesco donde ella y yo éramos los únicos habitantes del planeta. En otras ocasiones contaba anécdotas de la pequeña Paola: sus gustos, sus caprichos, sus travesuras…

En mis divagaciones, pienso: ¿Cómo no amarla con todos mis sentidos, si en esas noches de pasión con limitaciones de tiempo, me llena la vida y me hace sentir afortunado por amarla? Pero esas divagaciones me llevan también a escudriñar el misterio de la existencia arcaica de este volcán que ha sido testigo de los cambios ocurridos en el mundo por millares de años, y me pregunto si con Blancaflor no estaremos profanando su suelo, que lo considero, casi podía decir: *sacro*. Sin embargo, por las limitaciones de un amor prohibido, hemos tenido que recurrir a buscar refugio en la nocturnal soledad del volcán para poder amarnos y nutrir mi alma con cada instante pasado a su lado, para así, en un futuro, poder paliar los tiempos de su ausencia de días, de meses, tal vez de años… Entonces, con solo traerla a mi mente, ella vendrá a mi lado para recitarme con esa voz de niña consentida, los poemas de amor que memoriza, mientras la siento amarrada a mi cuerpo.

En su última visita Blancaflor se despidió sin prometer otro encuentro, ella creyó prudente no regresar a la carpa en los próximos días. Al despedirse me dijo:

—*Te dejo mi alma, cuídala hasta que nos volvamos a ver.*

Los padres de David y el esposo de ella estaban por llegar a *Tierra Alta* en los primeros días del mes de agosto. La reunión de ambas familias y otros invitados para celebrar el aniversario de sus dos años de matrimonio con David mantenía a los habitantes de la hacienda ocupados con los preparativos.

¿Crimen o accidente?

El dos de agosto desarmé la carpa, guardé todos los implementos de acampar y antes de medio día ya tenía todo organizado en el lomo de *Frijolito,* para emprender el camino a San Benito a la casita de Cesáreo y Maclovia. El siete de agosto iniciaría mi viaje a Ipiales, para seguir a Quito, en Ecuador, donde nos reuniríamos un grupo de geólogos para una excursión a los volcanes del Chimborazo y Cotopaxi, programada para el día diez.

En los pocos días que me quedaron en San Benito y acompañado de Maclovia, estuve merodeando por los lados de la laguna para comprar truchas a los pescadores. Otro día visitamos el resguardo de Chiles para conocer las piscinas termales, así como también las ruinas del primer pueblo que fue Cumbal antes del terremoto de 1923, localizado en otra región más cercana al volcán. El nuevo pueblo lo movieron al lugar donde está ahora.

Maclovia me había informado de la llegada de los invitados a la hacienda. David, el esposo de Blancaflor, ya había llegado esa tarde del viernes con su primo Abelardo y un amigo en un flamante carro convertible. Don Felipe era dueño de un albergue en el pueblo y allá se quedaron algunos de los invitados. El programa para festejar el aniversario comenzaría en la mañana del siete con una misa en la iglesia de San Pedro Apóstol.

Durante el desayuno, escuchaba divertido los cuentos de Maclovia, porque a todo lo que decía con su acento de las sierras no le ponía peso alguno, nada de seriedad… juntaba las palabras y las pronunciaba con una sonrisa dibujada en sus labios y en sus ojos. Nunca antes encontré a alguien que hablase sonriendo. De pronto, a eso de las nueve de la mañana escuchamos el trote acelerado de un caballo que se detuvo frente a la casa. Maclovia se asomó a la ventana y dijo alarmada:

— ¡Um! … es el Cesáreo que llega como *"alma que se lleva el diablo"*

Cesáreo ya estaba abriendo la puerta cuando Maclovia lo enfrentó para reprenderlo, porque con sus añitos, él no debía dárselas de muchacho y trotar como loco, pero al verlo cambio de parecer.

—¡Que pasa, Cesáreo!... ¡Estás tan asustado! ¿Qué pasa? —le gritó angustiada.

Cesáreo, preso también de angustia, no podía pronunciar palabra, pero al fin, después de tomar aire, alcanzó a decir antes de desplomarse en una silla:

—El David de Blancaflor ha desaparecido en la laguna… ¡La madre de la humanidad se lo tragó!

Al decir la última frase, su rostro evocó la majestad de un príncipe incaico dando sentencia. Su rostro semejaba el sombrío misterio de las esculturas de San Agustín.

De las informaciones que dio Cesáreo ya más calmado, pude deducir: David Chamorro Sanmiguel, el esposo de Blancaflor, estuvo de parranda toda la noche del sábado y a la madrugada se fue con sus amigos a pescar truchas en la laguna; una costumbre suya para rematar la noche de juerga en medio de la laguna. Al poco tiempo, uno de ellos se enfermó y perdió el conocimiento, entonces regresaron la lancha al embarcadero. David no quiso regresarse al pueblo y le pidió a su primo que llevase al enfermo a donde sus padres para que se encargasen de llamar a un médico. Después de dejar el enfermo en *Tierra Alta*, Abelardo regresó a la laguna para recoger a David, por pedido de sus padres.

A esa hora, el sol estaba apareciendo por detrás de las montañas, alumbrando tenuemente las aguas risadas de la laguna; nadie había en el embarcadero y la lancha estaba sola, navegando a la deriva, alejada de la orilla. Abelardo, muerto del susto, regresó a *Tierra Alta* para alertar a don Felipe y a los padres de David sobre la desaparición de su hijo.

Cesáreo comentó que la laguna de La Bolsa en esta mañana lucía triste porque algo funesto invadió sus aguas grises. Sus cinco kilómetros de largo y dos ancho, pronto serían invadidos por toda clase de gente en busca de un hombre que olvidó que la laguna era sagrada.

Como un juez dictando sentencia, dijo:

> *"Allí, en el centro de la laguna, tiene su lecho la madre de la humanidad. Con su sombra, el Cerro tiene puesta su mirada vigilante en la laguna. Estas son creencias de nuestra etnia que se deben respetar y si no, ¡ahí están las consecuencias!... Parrandear toda la noche y después irse a esas aguas con el pretexto de pescar, es toda una locura. Los he visto tirar*

botellas vacías de ron y aguardiente a las heladas aguas, así como plásticos, colillas de cigarrillos y quién sabe qué más. ¡Con los mitos no se juega!"

Manifesté mi deseo de ir a curiosear por la laguna, sin embargo, Cesáreo creyó que era prudente no dejarme ver por las autoridades del resguardo y la familia de Felipe Molina. Para convencerme, dijo:

—Cuando no lo encuentren, van a buscar motivos para justificar su desaparición. Hoy mismo, seguro vendrán los buzos. ¡Tiempo y plata perdida! A David se lo tragó la laguna. ¡Eso es seguro!

En la mañana del siete de agosto, me despedí de Maclovia y Cesáreo y emprendí el camino hacia Ipiales para luego seguir hacia Quito. A mediados de agosto estaría de regreso en *La Riverita* y luego viajaría a visitar a Rocío en Bogotá. Allá pensaba quedarme unos días, para agilizar los trámites de dos años de residencia en Chile, mientras durase mi maestría.

En el camino a Quito tuve mucho tiempo para pensar, y naturalmente la tragedia de David Chamorro flotaba en mi mente con unos cuantos interrogantes sin ninguna respuesta por el momento. Sin embargo, me decía: "Blancaflor se quedara viuda, si encuentran el cuerpo de David en la laguna. Creo que debo dejar pasar unos dos años para casarme con ella. Para este entonces, ya habré terminado la maestría en Chile". Ilusionado, seguí diciéndome: "Su padre, don Felipe, no podrá negarme la mano de su hija. No tendrá ya el argumento de que soy un *don nadie,* un *bueno para nada,* como ha dicho en repetidas ocasiones".

Encuentro en Santiago

Mis padres viajaron a Santiago para acompañarme a recibir el diploma de Magister en Geología que me concedió la universidad de Chile. Para celebrar este evento fuimos a cenar en la noche a un famoso restaurante de Santiago, llamado *Decamerón*. Mi madre comentó sobre el peculiar nombre del restaurante, que sin duda fue sacado del título de la famosa novela de Giovanni Boccaccio, un escritor y poeta del Medioevo florentino que vivió por un tiempo en Nápoles, donde escribió su obra. Me di cuenta de que el menú escrito con letras en color sepia, decía al comienzo: *Filostrato, recomienda*: seguía la lista de platos con nombres alusivos a los cuentos de Boccaccio.

Durante la cena, percibí que Daniel Arrollave, mi padre, finalmente había aceptado la profesión que yo había escogido. En determinado momento, pidió una botella de vino chileno Cabernet Sauvignon, *Chadwic*, y, una vez que el mesero nos hubo servido, alzó emocionado su copa:

—Tengo dos hijos que han coronado con mucha determinación y entusiasmo sus maestrías, Rocío en *Psicología* y tú, Pablo, en *Geología*. —Hizo una pausa y añadió dirigiéndose a mí—: me he dado cuenta del hombre que has llegado a ser, y esto me enorgullece en extremo, ¡Brindemos!

Después de tomar el vino, comentó:

—Pablo, has conseguido finalmente la meta que te trazaste desde un principio. No dejaste que los infortunios de tu secuestro te sirvieran de excusa para quedarte rezagado, al contrario, los convertiste en plataforma para seguir adelante. —Hizo una breve pausa y continuó—: De los libros que dejaste en la casa, he leído algunos temas relacionados con la Tierra, algo sobre el dióxido de carbono en el campo geológico y el peligro que representa para nuestro planeta, si se queda atrapado en la atmósfera, porque por desgracia los océanos no pueden absorberlo todo… y también he leído sobre los volcanes y su relación con el clima, y muchas otras cosas interesantes. ¡Una noble profesión la que tú escogiste, hijo!

Mi madre escuchaba fascinada, y yo, como nunca antes, me sentí en ese momento muy cerca de mi padre.

—Recuerda, padre —le comenté— que cuando cumplí once años, tú me regalaste dos libros de Julio Verne: *De la tierra a la luna* y *Viaje al Centro de la tierra*. Los primeros libros que me hablaron de nuestro planeta. Todavía tengo este último libro conmigo, y como si fuese un amuleto, lo llevé conmigo a la selva y regresó en mi morral. Lo que quiere decir, que tú, sin saberlo, presentías mi vocación.

Después de una semana en Chile regresamos a Cali. En *La Riverita*, mi madre preguntó curiosa si habían encontrado el cuerpo del esposo de Blancaflor en la laguna. Le comenté que según las cartas de Blancaflor, los buzos no encontraron a David y después de dos semanas dieron por terminada su labor. Por un mes hubo agentes del resguardo apostados por todas partes en la inhóspita laguna a la espera que apareciera el cuerpo del ahogado, porque debía flotar como pasa con quienes se ahogan, pero solo encontraron una bota de las que llevaba David en ese nefasto día. Al cumplirse el tercer mes de su desaparición, alguien encontró entre los bejucales los restos de un cadáver del que ya no quedaba mucho. Se supuso que eran los restos de David. Cuando les llegó la noticia a sus padres en Pasto, vinieron inmediatamente a la laguna y después de constatar que los restos eran de su hijo y sin permitir la autopsia, los llevaron a Pasto para darle sepultura. Ellos, los Chamorro, siguen enojados con Blancaflor y con sus padres; los culpan de la muerte de su hijo y de no continuar con la búsqueda. Por su parte, los padres de Blancaflor, luego del encuentro de los restos de su yerno, no esperaron un día más para declarar que su hija había quedado viuda.

En junio de este verano, viajé a Bogotá con mi sobrino Ximeno con el fin de visitar a Rocío, a su esposo Eduardo y a sus hijos gemelos. Ese ambiente hogareño me hizo pensar en Blancaflor y sentí la urgencia de pedirla en matrimonio. Le comuniqué a mi hermana ese deseo y ella estuvo de acuerdo y me aconsejó que fuera cuanto antes y hablase con ella sobre el particular. De regreso a Cali le hablé también a mi madre sobre mi posible matrimonio con Blancaflor y mis deseos de viajar a Cumbal y San Benito para pedir su mano a sus padres. Ella no entendió por qué tenía que pedir su mano, si al haber quedado viuda ya no era hija de familia. "Será solo su decisión si se casa nuevamente", comentó extrañada. Le expliqué que en la familia de Felipe Molina las cosas eran diferentes, que quizás eso hacía parte de la cultura de esa región de páramos.

Antes de viajar a Cumbal, fui donde un barbero con reputación en corte de barbas y le dije que quería una *chiva perilla alopécica*. El barbero abrió los ojos más de lo normal y se quedó mirándome, estupefacto. Le mostré la página de una revista que traje de Chile donde estaba ese corte de barba en el rostro de un fulano. Le pedí que la línea recta de la barba victoriana que tenía en el momento y que iba de la oreja a la comisura de la boca, la suavizara un poco en la chiva. No quería parecer muy serio, por el contrario, amable y buena gente, porque iba a pedir la mano de mi futura esposa.

Un rey nefasto

Sin pedir audiencia, me presenté un día en la casa de *Tierra Alta,* en San Benito, confiando en que mi suerte había cambiado, porque ya no era el Pablo de otros días. Ahora las cosas eran diferentes. Yo, Pablo Arrollave, había logrado coronar una carrera con un Magister en Geología, y ¿quién no se siente triunfador, después de todos esos estudios?

Optimista llegué frente a la casa de la hacienda *Tierra Alta* para hablar con los padres de Blancaflor y toqué con la aldaba la puerta. Cuando alguien de la servidumbre abrió, le dije que tenía urgencia de hablar con don Felipe y su señora.

La mujer señaló el camino a la sala de recibo. A los pocos minutos, se presentaron los padres de Blancaflor y después de un saludo gélido, don Felipe dijo que sería mejor hablar en su despacho. Seguí a la pareja por un pasillo hasta llegar a una pieza, donde había un cuadro en una pared y una ventana con cortina de rayas y verdes indefinidos. Frente a la ventana, un escritorio bastante grande de madera caoba, con su respectiva silla y dos sillones de cuero. Mi futuro suegro me ofreció con un gesto de la mano uno de los sillones, mientras él escogió para sentarse la silla giratoria detrás del escritorio. Doña Lorena, su esposa, después de cerrar la puerta, movió una silla que estaba arrimada a la pared para sentarse a su lado.

—¿Qué se le ofrece muchacho? —preguntó don Felipe con una sonrisita forzada, sin quitarme su fría mirada de encima.

En ese lapso que siguió a su pregunta, decidí no andarme con rodeos y de una vez le dije:

—Vengo a pedirles la mano de su hija Blancaflor, para casarnos lo más pronto posible, en una ceremonia privada.

Felipe Molina y Lorena Sabogal ya sabían de antemano a que se debía mi presencia en la hacienda. Mi futuro suegro sonrió otra vez… una sonrisita de hiena, y sus ojitos sonrieron también.

—Usted, muchacho, no tiene nada para ofrecerle a mi hija. Todavía es un hijo de familia y…

Lo interrumpí:

—Ya terminé mis estudios de Ciencia Geológica; por cierto acabo de llegar de Chile donde hice dos años de postgrado. Pronto conseguiré una cátedra en un centro de enseñanza y ganaré lo suficiente para que a Blancaflor y su hijita no les falte nada.

—Sus hijos —corrigió Felipe Molina.

Lorena comento enseguida a manera de confesión:

—Ella, mi hija, ya está comprometida con el mayor del Ejército Hernando Fuentes Álvarez.

—¡Así es!... —terció Felipe Molina, con aire de falso rey—. Mi hija va a casarse, muy pronto, con un servidor de la patria.

—¿Y ella lo quiere? ¿O son arreglos de ustedes, como lo fue su primer matrimonio? ¡Y ya ven cómo terminó! —me atreví a argüir entre indignado y sorprendido—. Blancaflor me ama ¡Nos amamos! No creo que ella esté enamorada del tal mayor.

Con gesto amenazador y voz satírica, Felipe Molina replicó:

—Todavía buscan las autoridades del Resguardo de Cumbal y la policía de Pasto al culpable del crimen de la laguna, porque lo de David ¡fue un crimen! Por cierto, usted estaba en esos días merodeando por aquí. Hay testigos que lo vieron por la laguna. Deshacerse de David Chamorro cuando se quedó solo y pasado de tragos, le era fácil a cualquiera que quisiera sacarlo de su camino. No sé si usted lo sabe, muchacho, pero hay autoridades del resguardo que creen que usted era un guerrillero con el alias de *Canijas*, cuando apareció por aquí. —Hizo una pausa y añadió—: Yo sé de las escapadas de mi hija para encontrarse con usted, siendo una mujer casada. Una conducta deplorable, debido a su mala influencia. Es mejor que se vaya cuanto antes de esta región, porque una llamada a las autoridades del Resguardo lo pondría a usted en aprietos. ¿No cree?

Con la frustración y la furia que me ahogaban, solo atiné a decirles:

—Me tiene sin cuidado lo que haga. Yo no tengo por qué enredarme en crímenes; su yerno era un pobre borracho que se ahogó en la laguna… ¡usted lo sabe, todo el mundo lo sabe!

Sin decir nada más, se levantaron de las sillas, sugiriendo con ese gesto que no había nada más de qué hablar.

Salí de esa casa con mi vida rota en mil pedazos. Me sentía miserable, abandonado, destituido... Odié a ese hombre, al padre de Blancaflor, como no había odiado a nadie, ni siquiera a mis carceleros durante el tiempo que pasé allá, en la selva.

En San Benito, Maclovia no me esperaba. Al verme se dio cuenta de la furia que se había adueñado de mí ser que me tenía descompuesto. Alarmada, preguntó qué me pasaba. Después de contarle lo ocurrido en *Tierra Alta* le pregunté a Maclovia si ella sabía de los planes de la familia Molina Sabogal para casar a su hija con un mayor del Ejército acantonado en Ipiales, y también sobre el otro hijo que había tenido Blancaflor.

Preocupada, respondió:

--¿Y ella no le ha contado que tuvo otro hijo del finado David?

—No, en absoluto.

—Sobre los planes de matrimonio, eso empezó hace unos meses cuando la caballería llegó por una semana a realizar ejercicios en estas tierras; el militar Fuentes conoció a Blancaflor en uno de sus paseos a caballo por los lados de la laguna. Luego fue invitado a la hacienda y allí empezó todo lo del casorio. De Ipiales, el mayor Fuentes viene con frecuencia a visitar a la que ya es su prometida.

Le comenté a Maclovia que desde hacía cuatro meses no sabía nada de Blancaflor. Su silencio me preocupaba.

Maclovia, con cierta seriedad, preguntó:

—Y siendo que ustedes se quieren, ¿por qué razón ella se casó primero con el Chamorro, y ahora se casará con el militar?... Ella ya es grandecita, tiene dos hijos y además es viuda… ¿por qué tiene que obedecer a su padre y casarse con hombres que no ama? ¡Eso no lo entiendo, Pablín!

—¡Y yo, menos! Ella dice que tiene que hacer lo que su padre le pide y que no tiene otra salida.

—Tiene que haber alguna razón. Yo creo que ella está llena de miedo —apuntó Maclovia, preocupada.

—¿Miedo de qué? A veces pienso que ella se comporta como si fuese hija de familia. Todavía depende de sus padres para todo, porque no aceptó nada de los Chamorro, según lo escribió en una carta. Seguramente su padre la manipula para que ella acepte sus consejos, la chantajea… Hace unos años, antes de casarse, cuando le toqué el tema de su matrimonio con David Chamorro, me dijo rotundamente que sus padres ya lo habían decidido. ¿Hay acaso un lazo familiar tan arraigado, que a pesar de que la adivino obstinada de carácter hace lo que dicen sus padres? No lo entiendo, Maclovia.

— Mira, Pablín, aquí, en los resguardos, somos una sola raza, la etnia de los Pastos. Nuestra raza es terca. Los padres creen ser dueños de los hijos. Estamos aislados, creyendo todavía todos esos cuentos de los mitos que encierra nuestra cultura… pero Blancaflor es *miti-miti*, porque la Lorena, su madre, es de otra raza, quizá descendiente de españoles, según he oído. Blancaflor lo ama a usted Pablín, porque eso reflejan sus encuentros en esas noches de julio cuando lo ha visitado en el Chiles para dormir juntitos, no solamente antes, sino después de casada. Seguramente lo seguirá haciendo si se casa con el militar, porque yo pienso que esa es su manera de liberarse de lo que le impone su padre.

–En nombre de la cultura y de la religión se cometen un sin fin de arbitrariedades, Maclovia. Yo fui a pedir a Blancaflor porque la amo de verdad y la seguiré amando toda mi vida. Ella lo sabe. Y sé que ella también me ama con toda su alma. Alguna vez le propuse que nos fuésemos a Cali y que allá nos casáramos con la asistencia de mis padres. Me dijo rotundamente que eso nunca se lo haría a su familia. Y me confesó que había otro motivo, que no me podía revelar todavía. Pero yo sé que un día, ella y yo vamos a formar un hogar. Terminaremos juntos; de eso estoy seguro.

—Ojalá sea así, y no tengan que esperar hasta estar viejos cuchitos, porque entonces no podrán experimentar ese amor que se tienen… Sabe usted, Pablín, que Florencia, la hermana de Blancaflor, escogió su novio sin ayuda de sus padres y se casará pronto con Alfonso Santana, ingeniero civil. Ella está por graduarse de maestra en Pasto y después del matrimonio, se irá a vivir a Bogotá con su marido. Los viejos se quedarán solos en la hacienda, porque Juan Felipe, el hijo, también estudia todavía, aunque no sé dónde.

Maclovia sirvió café con tamalitos de maíz.

—Y hablando de otras cosas, dígame Pablín, ¿cómo le pareció la mamá de Blancaflor? ¿Se le parece en algo su hija?

—Sí, claro, Maclovia, hay un parecido. Blancaflor tiene la postura o figura de su madre con el cuello largo y color de la piel, los ojos aterciopelados de color ámbar. De su padre, los cabellos lacios y pómulos algo pronunciados. Lorena me pareció una mujer atractiva y con ese aire de dignidad que tienen en su actitud algunas mujeres. En cambio Felipe Molina no puede negar los atributos, no sé si notables, de su raza: ademanes cautelosos y mirada desconfiada. Sin embargo, hay en su porte ese orgullo heredado de su raza indígena. Las veces que tuve la oportunidad de verlo no pude discernirlo bien, pero hoy sé que hay una vena de resentimiento y de crueldad en su persona. En sus ojos, en algunos momentos, pude percibir su alma oscura.

Maclovia interrumpió:

—Pablín, lo que usted vio en Felipe, no es nada comparado con el Felipe que conozco. Hay que ser de la misma raza para conocer al verdadero hombre que hay en él. Empezando porque él se cree *rey* de esta región. Es un hombre que no permite obstáculos en su camino y es capaz de vender su alma al mismísimo Satanás para librarse de ellos. Yo espero que algún día los secretos que se guardan en *Tierra Alta* salgan a la luz, ojalá no sea muy tarde para ustedes, los amantes del Chiles.

Cesáreo llegó trayendo una misiva de Blancaflor, ella quería verme en la mañana en la laguna.

Le pedí a Cesáreo que le dijese que no estaba interesado en verla en este viaje.

En la noche nos sentamos con Cesáreo en el balconcito de la entrada donde había una banca, para tomarnos unos vasitos de aguardiente. Deseaba comentarle a mi amigo sobre la amenaza de Felipe Molina tratando de intimidarme para que abandonase la región con el cuento de involucrarme en el supuesto crimen de David Chamorro. Cesáreo no podía creer lo que escuchaba y sentenció:

—Yo sé cómo hacer para acallar ese sucio hocico de zorro viejo. ¡No faltaba más!

Al darme cuenta de su enojo cambié de tema. Hablamos de la idiosincrasia de las gentes de Cumbal, de sus creencias y de los mitos ancestrales arraigados cada vez menos en la juventud de estos tiempos. Acerca de esos mitos me explicó:

"La tierra es nuestra madre, nosotros somos su barro. El aire, el cielo, los cerros (volcanes) forman parte de nuestra vida, somos su semilla en estos parajes de nieve, piedra, azufre y tierra. ¡El matrimonio del volcán Cumbal con la Laguna de la Bolsa es un hecho! Según nuestras creencias: el cerro es el macho, representa a los dioses, a los poderes de arriba, de lo alto del cielo o más allá de este…, el cerro es tierra y es agua; es agua y es fuego; es fuego y es tierra. Los ríos nacen del cerro, las aguas termales son nacimientos del cerro. La piedra de los Guacamullos, es el espacio que une al cerro y la laguna. En el centro de la laguna apareció una vasija de barro y allí marido y mujer crearon toda la descendencia. En la laguna esta la Bolsa de la creación del género humano y por esto, es sagrada. El cacique Cumbe dormita su sueño eterno en el centro del interior del cerro Cumbal y por esto el cerro es sagrado. El nombre Pastos, quiere decir hombre hecho de tierra."

Después de escucharlo comenté:

—Esa hermosa mitología de sus antepasados quedó arraigada en un simbolismo de creencias, desde el principio de las tribus. Pero hoy en día, en Cumbal y toda la comarca, sus habitantes ya no figuran como tribus porque llegó la civilización y les cambió la vida. Los mitos se convirtieron en leyendas, porque a estas nuevas generaciones- la radio, la televisión, la educación en general, los han conectado con el mundo entero; además de ser hijos de Colombia, son ciudadanos del mundo como todos nosotros los habitantes de este continente americano.

—Eso es verdad, Pablín. No todos conocen ni respetan los mitos. Pero unos cuantos seguimos predicando en el desierto.

Al día siguiente, Cesáreo me informó que los padres de Blancaflor estaban preparando viaje a Bogotá. Después de mi visita a *Tierra Alta,* era de esperarse que Daniel Molina en su afán de prevenir posibles obstáculos alejaría del lugar a su hija y a su nieta con el pretexto de visitar a una tía, hermana de su madre que según ellos estaba deseosa por conocer a Paola. Felipe Molina me demostraba así una vez más que se sentía dueño del destino de su hija y que como *rey,* podía venderla de nuevo, esta vez, al militar que apareció en San Benito.

Decidí quedarme unos días más para visitar la cueva donde estaba la tumba de mi hermana. Tenía conmigo unos presentes de Ximeno, su hijo.

Ritual en la lagunilla

Unté mis labios con vaselina, requisito imprescindible contra el viento helado de la cordillera, me puse los guantes y acomodé en mi espalda el equipo de acampar; estaba listo para empezar el ascenso del volcán Chiles y, posiblemente, llegar ese mismo día hasta la cueva convertida en la tumba de Jimena. La subida fue lenta por el peso que llevaba a mi espalda y la desigualdad del terreno. A mediodía busqué un lugar para descansar y admirar el panorama que estaba frente a mí: el sol de los Andes, a esa hora de la mañana, bendice los campos tapizados de innumerables verdes; la cordillera occidental muestra los picos violáceos levantándose incólumes, misteriosos, hasta tocar el cielo; los percibo lejanos y profundos y al mismo tiempo, cercanos. Acá, a mi izquierda, el volcán Cumbal da la sensación de un coloso dormido... inmóvil, pacífico, sereno...Y sin embargo, en 1923 este coloso, aparentemente en calma, despertó malhumorado y sorprendió a los habitantes de allá abajo, con movimientos sísmicos en un frenesí incontrolable, expulsando por su chimenea piedras incandescentes, ceniza y gases, y al mismo tiempo salían los ríos de lava precipitándose por sus faldas y solidificando todo lo que encontraban a su paso. Hoy, el Cumbal está nuevamente dormido, arrullado quizás por *la* ocarina del cacique Cumbe que según los mitos, yace en su interior.

Al levantarme para continuar el ascenso, siento que una extraña fuerza me retiene en este lugar. Quizá es mi peso, mi propio peso, el peso del dolor que está allí, camuflado en lo que abarca mi vista. Los misterios que guardan estas tierras me sorprenden.

Doscientos pasos más arriba encuentro un lugar favorable para armar la carpa, allí puedo estar protegido de los conocidos vientos volcánicos. Pero esta noche decidí no dormir en la carpa sino en la cueva. Siento grandes deseos de meterme en la lagunilla con el ánimo de purificar mi cuerpo y librarme de los *"dimens"* anidados en mi psiquis. Con este propósito llevo conmigo lo necesario para el ritual del baño.

En la cavidad de la cueva donde están los restos de las dos mujeres, *Clema* y Jimena, encontré otro promontorio de piedras; deduje que quizás Cesáreo puso más rocas para proteger la entrada. En el lugar de Jimena, alcé una piedra para dejar allí el recuerdo de su hijo Ximeno: un papel donde dibujó un corazón y en el centro escribió *mamá*, y más abajo dibujó una casita, con un techito parecido a un volcán con chimenea por donde salía humo.

¡Ay! ¡Hermana mía! En este refugio solitario nada debe doler... Quiero decirte que he tenido sueños contigo, sueños de cuando éramos niños. Como ves, Jimena, tu presencia sigue viviendo en mi memoria. ¡No te olvido! Esta noche dormiré aquí en la cueva para hacerte compañía y quizás el cacique Cumbe venga desde el otro cerro a visitarnos. Según la leyenda, el cacique yace en lo profundo del Cumbal donde el fuego señorea en una constante que no tiene fin. Eso dice Cesáreo.

Recorrí el pequeño santuario de la cueva para estudiar ciertas rocas de lava solidificada, inclusive las del fondo de la lagunilla y recogí algunas muestras para investigarlas con mis futuros alumnos. Organicé la bolsa de dormir arrimándola a una pared lisa de la roca, frente a la lagunita. Mi reloj señalaba veinte minutos antes de las seis de la tarde; la hora cuando empieza el crepúsculo en este lado de la tierra porque el sol se despide mientras se va escurriendo por detrás de las montañas. Queda poco tiempo para despojarme de la ropa y quedar desnudo para cubrir mi cuerpo con vaselina en una maratón de segundos. Entro a la lagunilla gritando y saltando en una danza salvaje para espantar el frío del aire helado y mordiente que castiga mi humanidad. Por un instante, en cuclillas chapoteo el agua con las manos para que mi cuerpo reciba el agua cristalina de la lagunilla, en un ritual que creo necesario para la renovación de mi espíritu. El eco de mis gritos resuena por todos los ámbitos de la cueva y más allá en la cordillera, veredas y pueblos andinos y se va perdiendo en el misterio del universo… Tiritando, castañeteando los dientes, seco mi cuerpo y me envuelvo en la manta para acomodarme en la bolsa acolchonada con lana de oveja. Aquí en la cueva, el *abanico de luz* que se filtra desde el domo se esfuma en un instante y me envuelve inexorable una oscuridad asfixiante. Apenas si alcanzó a apagar la lámpara y cerrar la cremallera de la bolsa con manos gélidas. Solo mi rostro con su chiva perilla queda al descubierto.

El calor no viene, el sueño tampoco, y entretanto, mi pensamiento vuela hacia Blancaflor: si ella accede a casarse sin amor con el hombre escogido por su padre, no la seguiré buscando. Aunque yo sé de antemano que ella siempre volverá a encontrarme, y yo, pobre enamorado, nunca podré resistir la tentación de sentirla. Por ahora, dejaría que el tiempo solucionara mi situación; me prometí dejar todo al destino... ¡En esta decisión, no hay vuelta atrás! ¡*Alea lacta est!*

No supe en qué instante volvió el calor a mi cuerpo. El ambiente de la cueva me pareció de repente opresivo, porque allí había un silencio de siglos. Ningún sonido llegaba en ese instante. En esa especie de trance en que me encontraba, experimentaba una sensación de espacio, de vacío, muy del universo.

Miles y miles de siglos atrás, en una de las pirámides, allá, en el desierto de Egipto, en la cámara del rey Jufu o Keops, el faraón debía ser lo suficientemente sensible para sentir la energía de la fuerza allí concentrada y poder así resucitar y ascender al cielo para vivir eternamente entre los dioses, transfigurado en una estrella. Y allí, en la pirámide del Cumbal, en la bolsa del volcán, según la leyenda de los Pastos, escogió su tumba el cacique Cumbe, para pasar a la otra vida y así vivir eternamente en el corazón de sus tribus transfigurado en un símbolo. ¡Extraña sincronía!

Quizás yo pueda sentir esta noche la energía que emite la fuerza del magma que existe allá dentro, en las cavernas volcánicas de estas pirámides andinas llamadas Chiles y Cumbal, cerros tutelares, símbolos míticos de una raza que casi fue diezmada en su totalidad por la avaricia del oro. Cerros que fueron testigos de crímenes brutales.

Después de haber purificado mi alma, lavado mi conciencia y renovado la esencia de mí ser en esas aguas gélidas de la lagunilla, me siento listo para experimentar nuevas sensaciones, todas las que vayan llegando a mis sentidos. Esa es mi aspiración.

Por fin percibo que llega el sueño. ¡Um! Poco a poco empiezo a sentir que voy perdiendo la conciencia de ser y quedo en un estado de subconsciencia navegando entre nubes viajeras que van rumbo a las cimas de los Andes. De pronto, caigo como un cometa de papel a la cima de un volcán cubierto su cráter de cenizas amarillas. Por una grieta que encuentro en una de las paredes, comienzo a deslizarme empujado por la gravedad, cuidando de esquivar las abruptas paredes y de no caer allá donde bloques de rocas incandescentes saltan como si fuesen bolas en las manos de un malabarista. En las paredes descubro franjas multicolores que muestran las diferentes etapas de los cambios ocurridos en la tierra durante miles de siglos. Quizá en ese instante, el hombre estaba en plena evolución… Los gases sulfurosos me obligan a buscar refugio en cavidades que se van repitiendo en el cerro hasta que encuentro una inesperada cueva con paredes lisas de lava solidificada. Desesperado, llego por fin a la salida de la cueva y allí encuentro una laguna. Veo a un hombre en una barca, como esas barcas de la biblia. El hombre es un viejo, vestido con una túnica del color de la nieve. En la mano tiene una especie de trofeo, una calavera con XXX escritas en el occipital. Un hombre que no pude reconocer, pero que al despertar y recordar el sueño, supe que era Cesáreo.

Ese tiempo pasado en la cueva del Chiles donde experimenté el ritual del baño y tuve un sueño por demás extraño, lo consideré siempre como una experiencia mística. Desde esa noche presentí que mi vida iba a cambiar de alguna manera. El peso que sentía se convirtió en levedad. Veía mi mundo nada complicado, porque así lo presentí, así debía ser. He buscado el significado del número de la calavera sin ningún resultado todavía.

Cinco días después bajé a la casita de mis amigos. Moisés bajó de la montaña con las tablas de los diez mandamientos. Yo bajé sin mandamientos, pero lleno de esperanzas. Maclovia me preguntó si estaba resignado a perder a Blancaflor por segunda vez. Le contesté que si ella seguía obedeciendo a sus padres tal vez sería porque todavía no había salido de la niñez. Hay personas que maduran tarde, muy tarde, porque no quieren perder la tranquilidad que proporciona la niñez, además, se sienten protegidas. "Quizás cuando se convierta en adulta terminen estas situaciones. Yo seguiré con mi vida y vamos a ver cómo evoluciona todo".

Al despedirme de Cesáreo y Maclovia les dije que no sabía cuándo sería mi regreso, porque iba en busca de mi destino.

Mi vida profesional

A mi regreso a Cali, estuve unos días con mis padres en *La Riverita*. Les dije que nada resultó como yo quería en esa ansiada visita a *Tierra Alta* y que, por lo pronto, no deseaba hablar en absoluto sobre lo ocurrido. Quería olvidarme de todo y dedicar mi tiempo a buscar un trabajo relacionado con mi profesión. Con este fin viajé a Bogotá, Medellín, Bucaramanga y Manizales, donde había universidades que enseñaban la ciencia de la Geología. En cada una de estas ciudades presenté mis credenciales con el fin de participar en la convocatoria de concursos profesionales de las facultades de ciencia y con el solo objetivo de conseguir un empleo como docente de Geología. Fue en Bucaramanga donde por fin resultó una vacante y pude empezar a realizar mi sueño de docente; una vocación que llenaría casi por completo mi vida. Sin embargo, durante ese tiempo de docente en la capital de Santander me hicieron pensar que tendría que conseguir un doctorado en Geología para avanzar en mi carrera. Con este propósito hice gestiones para ingresar a la Universidad Autónoma de México a fin de conseguir el tan ansiado PHD en Geología cuanto antes, porque este era un requisito importante para poder entrar al cuerpo académico de las universidades élites de nuestro país. Mi tiempo en México fue extraordinario en cuanto al estudio y las oportunidades de asistir a toda clase de eventos relacionados con mi profesión. Pude visitar los volcanes en el sur del país y en Centro América mientras preparaba mi tesis para recibir el doctorado.

A mi regreso de México presenté mis credenciales a la convocatoria de profesores de la facultad de Geología de la Universidad Nacional. Ayudado un poco por la suerte, logré conseguir una cátedra para enseñar Geología.

En Bogotá, con la ayuda de Rocío, mi hermana, encontré en arriendo un apartamento en la avenida Caracas, en un edificio de cuatro pisos con cierto aspecto clásico y solo a cuadra y media del restaurante y bar *Rincón de Boccaccio.*

"¡Vaya casualidad!" me dije.

En mi primera visita al bar del establecimiento, descubrí en su pared del fondo un afiche de Giovanni Boccaccio, autor del *Decamerón y Filocolo,* luciendo una toga y una corona de laurel en la cabeza. En otras paredes del restaurante había afiches con alegorías alusivas a los cuentos del *Decamerón* y en un lienzo, a manera de mural, un paisaje de la bahía de Nápoles contra un fondo que mostraba la silueta del famoso volcán Vesubio. Este restaurante llegó a ser mi favorito y lo frecuentaba hasta tres veces en la semana. Me gustaba su ambiente recogido, podría decirse intelectual, aunque a su entrada daba la impresión de ser un restaurante de comida rápida, un Bistro.

En la primera oportunidad que tuve, le comenté a mi madre por teléfono sobre el restaurante:

—Se llama *Rincón de Boccaccio,* uno de tus favoritos escritores; parece estar de moda en Santiago y Bogotá. Cuan-

174

do vengas a visitarme, te invito desde ahora a degustar un plato italiano que quizás tú conoces.

En estos años, dedicado al estudio y a la enseñanza, mi vida intelectual y profesional puede decirse que era plena en todo el sentido de la palabra. Tuve la oportunidad de viajar al exterior a dictar conferencias relacionadas con mi profesión y, sobre todo en lugares donde habían ocurrido acontecimientos sísmicos producidos por volcanes y alertar acerca de los consecuentes problemas climáticos que traerían en un futuro inmediato esas erupciones. Fui invitado por las diferentes facultades de Geología del país para dictar conferencias relacionadas con diferentes tópicos, pero especialmente sobre el cambio climático, algo que genera preocupación a nivel mundial. Un tema al que le he dedicado buenas horas de estudio.

Durante mi estadía en México, tuve la oportunidad de conocer el cinturón de volcanes en el sur del país y no muy lejos de la capital el volcán Popocatepetl, de la famosa novela *Bajo el volcán,* la novela favorita de mi madre. En Centroamérica visité con un grupo de estudiantes toda esa cadena impresionante de volcanes y lagunas. En mi visita a la isla de Hawai quedé estupefacto por la magnitud de las erupciones de sus numerosos volcanes en constante actividad con sus riachuelos de fuego que bajan en un recorrido largo hacia el mar. En otra parte de la isla, huérfana de vegetación hasta donde pude observar, las pistas de aterrizaje del aeropuerto están construidas sobre lava solidificada. Es curioso también que en esta región haya una continuidad de leves temblores día y noche. Una circunstancia a la que están ya acostumbrados sus pobladores.

En lo que se refiere a mi vida sentimental, no he podido olvidar a Blancaflor, no todavía, y no lo deseo. Mi búsqueda, en todos estos años, quedó en suspenso. No regresé a Cumbal, no quería saber nada de ella. De Paola, mi supuesta hija, solo tenía un retrato; no estaba muy seguro de mi paternidad. Aún no.

Hoy recibí una llamada de mi madre diciéndome que mirara el periódico. Así lo hice. Y claro, en una de sus páginas estaba la fotografía del teniente coronel Hernando Fuentes Álvarez, con la noticia de que fue nombrado como nuevo agregado militar en la embajada de Colombia en Venezuela. Un militar que según la nota viene de una muy conocida familia de militares de Cúcuta y que tiene también un título en Derecho Militar. Por mis llamadas telefónicas a San Benito para saludar a Cesáreo y Maclovia, sin inquirir me informé de cosas sucedidas en la hacienda de los Molina, y de la vida nómada de Blancaflor: vida de militar en bases del Ejército en Bogotá, Popayán, Tunja y ahora, Venezuela

Durante estos años de mi nueva vida, me enredé en algunos romances pasajeros, para paliar la libido. Quizás el más notorio fue con Alicia, una bella y misteriosa mujer; este romance duró apenas tres años y finalmente terminó porque no despertó en mí la pasión que anhelaba. No obstante, después de unos meses de haber terminado, Alicia y yo nos encontramos casualmente en el bar de un conocido Hotel de la capital y terminamos la noche juntos. En ese momento hicimos planes para pasar una semana en Santa Marta. Arrendamos una cabaña en una playa desierta alejada de la zona turística donde pudiéramos disfrutar el embrujo del mar. Estos han sido años de encuentros esporádicos con Alicia, encuentros que me han ayudado a sobrellevar mi orfandad de amor. Secretamente, yo seguía guardando el alma de mi amada Blancaflor con la esperanza de que un día ella vendría a reclamarla.

A mi regreso de Santa Marta encontré un correo de mi madre. En una hoja de block escribió lo que había prometido enviarme:

"Filocolo

"El prólogo de este género de novela bizantina, la primera en ser escrita por el poeta Giovanni Boccaccio por allá en los años mil trescientos, y durante el tiempo pasado en el reino de Nápoles, en la región del Vesubio, famoso volcán por sus erupciones apocalípticas. El tema escrito en prosa nos relata el amor de Florio por Blancaflor cuando él la vio por primera vez en la iglesia de un convento de monjas y quedó perdidamente enamorado."

"En este resumen, Boccaccio narra la aventura amorosa de dos jóvenes, Florio y Blancaflor, cuyo amor perfecto es capaz de vencer los obstáculos y las barreras inventadas para separarlos. Esto hace que se refuercen más y más esos lazos de unión. Hay grandes impedimentos ideados para que ese amor sea imposible. Florio es hijo del rey de España y este cree que Blancaflor es una plebeya, aunque está bajo su protección. El rey vende a Blancaflor a un mercader como si fuese una esclava. Con el tiempo es vendida por segunda vez a un almirante de Arge-

lia. Florio la sigue buscando por años y se cambia el nombre por Filocolo, para no ser descubierto. Los amantes se reúnen de vez en cuando, pero en esta última ocasión son descubiertos por el almirante y condenados a muerte. Un día antes de la ejecución llega una carta del rey para el almirante, en esta le demuestra que se descubrió que Blancaflor es de gran linaje, y Florio confiesa que es hijo del rey. Son perdonados y finalmente se unen en matrimonio. Al final de la historia Florio se convierte al cristianismo y es coronado rey de España".

"Después de leer *El Filocolo* por tercera vez, estoy convencida que la historia de tu amor con Blancaflor tiene un sabor Boccacciano. Recuerdo que tú, hijo mío, mencionaste alguna vez que el padre de Blancaflor se creía el rey de Cumbal, cuando le fuiste a pedir la mano de su hija y te la negó. El padre esta ranchado en destruir ese gran amor de su hija por ti, Pablo, ¡sea como sea! Te cree indigno de su hija. ¡Mira nada más!... Parodiando *al Filocolo* con el tema de Cumbal: Blancaflor es la hija del falso rey Daniel Molina y la vende dos veces para evitar que se case contigo, una vez a un comerciante, luego a un militar. ¡Las coincidencias son extraordinarias! Boccaccio escribió su novela en el mil trescientos, cuando residía en la región del volcán Vesubio de los montes Apeninos de Italia. La historia de tu amor tiene sus inicios en una región de volcanes: el Chiles y Cumbal. Le pido a Dios que ojalá tus amores llegue algún día a un glorioso final como lo fue para Florio (Filocolo) y Blancaflor, en la historia del poeta.

"Y de Ximeno, te cuento que ya cumplió doce años y pensamos celebrárselos en *La Argelina*. Después de todo, Daniel quiere que su nieto se vaya encariñando con la finca que un día será suya".

Reflexioné sobre las coincidencias del escrito de Boccaccio. Quizá sí tenía validez en lo que respecta a mi desesperado amor por Blancaflor. Mi madre siempre andaba en busca de similitudes, y después de nuestra cena en *El Decamerón* de Santiago y ahora en el restaurante aquí en Bogotá, el nombre de *Blancaflor* y sus matrimonios con un comerciante y después con un militar, ella estaba más que segura que las historias se repiten en cualquier lugar del mundo. *¡Ipso facto!*

Devuélveme mi alma

Ocurrió un lunes de Semana Santa, cuando al medio día me encontraba sentado en una mesita arrimada a la pared en mi restaurante favorito *Rincón de Boccaccio*. Yo leía *El Espectador* mientras esperaba que me sirviesen una orden de sopa Toscana que venía acompañada de un fragante pan italiano. Alcé la vista hacia la puerta y allí apareció una figura de mujer contra *la luz*. Ella esperaba el *host* para que le indicara una mesa. Seguí leyendo el artículo y no la sentí venir. De pronto, la mujer se detuvo, frente a mí:

—¡Hola, Pablo!

¡No lo podía creer! ¡Era ella, Blancaflor! Al levantarme para saludarla, casi me llevo el mantel y cubiertos conmigo.

—¿Puedo sentarme contigo? ¡Qué sorpresa encontrarte! —Sin esperar contestación, se sentó frente a mí, y ¡para qué negarlo! yo estaba anonadado.

Divertida por mi estúpida situación, ella me lanzó su mirada de diosa apasionada, acompañada por su sonrisa de Gioconda.

¡Um! Me sentí perdido, por un momento. ¡Sí, era ella! Hermosa, con su elegante traje color champaña y pañuelo celeste alrededor del cuello. La cara de niña consentida ya no estaba allí, la había reemplazado un rostro de mujer… ¡si me hago entender…!

Comentó en voz baja como si me confiara un secreto:

—Permaneceré una semana en Bogotá, Hernando atiende algunos asuntos en la base militar y estará muy ocupado todo el día. Nos hospedamos en el Tequendama.

No comenté nada. Entonces ella preguntó:

—Y dime, ¿tú qué haces en Bogotá? —su mano se deslizó por encima del mantel hasta tocar mi mano, la retuvo acariciándola, pero solo por un instante, porque por instinto yo sentí urgencia de retirarla. ¿Acaso no era yo un pobre hombre olvidado?

—Vivo aquí en la capital, y por cierto, a cuadra y media de este restaurante —respondí a su pregunta, mientras trataba de organizar en mi mente este encuentro. Sentía celos. Vivía en ese mundo de los celos… ella no era mía. Por más de un siglo, ella era de otro y se había olvidado de mi existencia.

—Podemos caminar hasta allá, ¡claro!, después de almorzar y me muestras tu apartamento. Supongo que vives solo… —dijo ella con zalamería.

—Sí, por ahora…

—¡No me digas, Pablo ¿No has encontrado a nadie todavía? ¿Te has vuelto exigente?

Sonreí con ironía. ¡Yo no era exigente! ¿Acaso ella no percibía que todavía la amaba? No he podido, no he querido, no deseo olvidarla. Quizás ella tampoco… a pesar de todos estos años de silencio… Por Cesáreo, ella debe saber todo de mi vida, y sin embargo, ahora me pregunta qué hago en Bogotá…

—Y mi hija Paola, nuestra hijita… ¿cómo le llama a ese hombre que no es su padre? —pregunté en tono resentido.

No contestó a mi pregunta. Me miró intensamente por debajo de sus largas pestañas y exhaló un profundo suspiro mientras su boca dibujaba su enigmática sonrisa. En silencio comimos algo, no todo, pero en cambio dejamos vacías las copas de vino. Salimos luego camino hasta el edificio donde queda mi apartamento. Una llovizna ligera, de nube pasajera, nos obligó a ampararnos bajo mi gabardina que hizo las veces de paraguas. Su exótico perfume me trajo recuerdos.

En el apartamento, ella corrió las cortinas de la sala de recibo y se asomó en silencio a la ventana. Sin duda admiró las montañas que se mostraban azules en la lejanía y que quizá le traían recuerdos de su tierra. La ayudé a quitarse la chaqueta y la colgué en el árbol de sombreros. Le ofrecí una copa de *Porto.*

Ella se quitó los zapatos, y luego se acercó a mí con paso felino para sorprenderme mientras servía el vino. Con picardía me besó una oreja. Mi cuerpo se estremeció. Después de tomar el *Porto* se sentó en mis piernas y con manos de niña traviesa comenzó a quitarme la corbata. En susurro me dijo al oído:

"¡Devuélveme mi alma, la necesito para amarte! Tengo toda la tarde para ti. ¿Cómo te parece?".

Nuestros ojos se encontraron, nuestros labios se buscaron, nuestras manos se ocuparon inquietas deslizándose por toda la anatomía de los cuerpos… No había pasado el tiempo, todo seguía igual como en esas noches de la carpa allá, en los volcanes. Una música romántica llega desde algún lugar mientras con una pasión invencible nos reconciliábamos de un amor que se quedó enredado en una pausa de siete años de ausencia; por primera vez hacíamos el amor en un lecho blanco, envueltos en la penumbra de una pieza en un tercer piso. Todas esas otras experiencias de amor habían sido en el suelo volcánico, cobijados por un frío de tundra.

Envuelta en una sábana, Blancaflor se fue al baño y desde allá me llamó para que la ayudase a jabonarse con la esponja de mar. Este era un deseo secreto que tuve siempre en mi imaginación: "Un día, ella y yo bajo la ducha para amarnos". ¿Quién no tiene estos deseos?

Más tarde, sentados en la cama, rememoramos ese primer encuentro de nuestros cuerpos a la orilla de la laguna del Cumbal, con un frío que nos hacía castañetear los dientes, la piel helada y la niebla envolviéndonos para ocultarnos de los volcanes, de Cumbe y de los ángeles curiosos de más allá del cielo… ¿Cuántos años teníamos en ese entonces? ¡Éramos muy jóvenes! ¡Fueron otros tiempos!... Ya habíamos subido unos cuantos escalones en la escalera de la vida.

Blancaflor habló de Paola e Iván y me mostró fotografías de sus hijos. Habló de sus estudios, de sus gustos, del carácter de cada uno y de muchas otras cosas. Me confesó que Iván era también hijo mío, lo había concebido en esas noches pasadas en la carpa allá, en el volcán Chiles, antes de la trágica muerte de David Chamorro. Todos pensaron que era el segundo hijo de David.

—Pero no, ¡no lo es! Estoy segura que es hijo tuyo, así como lo es Paola. Se parece a ti y sabes, eso me consuela, porque ellos son nuestros hijos y están conmigo. A él, al militar, lo llaman Hernando, solo Hernando.

—Podíamos tener una familia con nuestros hijos, ¿no crees Blancaflor? ¿Hasta cuándo será mi espera?... le reproché desconsolado.

—¡Oh Pablo! ¿Te das cuenta que te sigo amando? ¡Eres el dueño de mi alma! Tú eres muy valioso en mi vida, porque entre otras cosas, eres el padre de mis hijos —hizo una pausa para decir lo que adiviné que ella no quería decir—: Un día lo sabrás todo, y el porqué de mis casorios con David y Hernando. También tienes que saber que yo quiero a Hernando, pero no lo amo, lo mismo pasó con David. Tienes que saber que hay una gran diferencia entre querer y amar. Ese requisito de amor no estaba en ese contrato de la iglesia. ¡Nadie lo preguntó!

—Mientras tanto tú eres de otro, vives con él, tienes una vida con él. Mi mundo está metido en un infierno de celos. A veces te quiero odiar y sacarte de mi piel…

—Se te olvidó que *mi alma* se queda contigo. Tú eres el dueño de mi vida Pablo. No he amado a otro. Cuando me alejo de ti ese amor se va conmigo, vive conmigo, me nutre…

Por cinco días vino Blancaflor de visita a mi apartamento, mientras el coronel asistía a un seminario en la sede de la comandancia del Ejército en Bogotá. El último día de su visita al apartamento, le di mis números de teléfono para que me llamara. Ella me dejó *su alma* como lo hizo siempre al despedirse.

En un cajón de la mesa de noche encontré un regalito de Blancaflor, un libro de Mario Benedetti "*Poemas del alma"* y subrayado en una de las páginas el poema *Amor de la tarde.*

Antes de partir del hotel al aeropuerto para abordar el avión rumbo a Caracas, Blancaflor llamó para decirme que iban a recoger sus cosas y en una semana regresarían definitivamente al país, pero no sabía dónde sería su próxima residencia. Ella y sus hijos viajarían a Cumbal y San Benito por poco tiempo. No me podía decir nada más por el momento.

Sucesos extraordinarios

Pasaron dos largos años desde ese día de mi encuentro con Blancaflor en el restaurante en Bogotá. En todo ese tiempo no volví a saber nada de ella. En el calendario de mi existencia, entre los programas de enseñanza, las eternas reuniones y los viajes, no quedaba mucho tiempo para extrañar el amor de mi vida, o quizás ya estaba resignado a sus largas ausencias. En esos lapsos de amor, Alicia, la *enfermera de mi corazón,* llegaba de tiempo en tiempo a tentarme con una muy estudiada afectación sensual, esa actitud a la que ningún hombre puede resistirse. Ella no exigía nada concreto de mi vida, ni de nuestras relaciones esporádicas porque seguramente pensaba que yo era un eterno solterón enamorado de mi profesión. También yo asumí que por su trabajo bien remunerado en el Ministerio de Educación, ella no necesitaba amarrarse a un matrimonio, tener hijos, formar una familia. La catalogué desde que la conocí como "una mujer de carrera". Sin embargo, había una paradoja en su comportamiento, porque descubrí desde un principio a una mujer de una feminidad indiscutible: romántica, apasionada y emotiva. Los fines de semana la pasábamos en su apartamento, y para cenar, experimentábamos con recetas inventadas por ella: *Paella a la Alicia, Ajiaco a lo Pablo, Tortilla con besos de manzanas, Ensalada ena-*

morada… y para inspirarnos en su preparación, no faltaba nunca una botella de *Chablis*.

Una llamada de mi madre me inquietó:

—En el periódico *El Tiempo* hay una fotografía del Presidente en su visita al Huila, una visita necesaria porque en días pasados hubo rumores de que la guerrilla merodeaba por los lados de San Agustín y Gigante. Era importante su presencia en ese departamento. En la fotografía lo acompañaban dos generales, así como también el Coronel Hernando Fuentes Álvarez, comandante de las fuerzas Armadas en el Huila.

"¡Um! Ahora sé dónde está Blancaflor y mis hijos", me dije con cierto alivio. "¿Pero serán realmente mis hijos?... ¿O ella lo dice para tenerme amarrado a su vida?"

Ese segundo mes, después de la visita del Presidente, hubo en el Huila una emboscada de la guerrilla al Ejército. En el boletín del gobierno decía:

"Viajando de Neiva a Pitalito, temprano en la mañana, fue detenido por guerrilleros enmascarados el jeep en el que viajaba el coronel Hernando Fuentes Álvarez y otro militar de rango que lo acompañaba. Ambos están desaparecidos. En la carretera, al lado del vehículo, se encontraron los cadáveres del sargento que conducía el jeep y el de un teniente de la policía".

Llamé a Cesáreo en San Benito para averiguar si se sabía algo sobre el secuestro del marido de Blancaflor. Él no sabía nada todavía. Le dije que se comunicara conmigo a cualquier hora si sabía algo de Blancaflor, si ella llegaba a la casa de sus padres. Una semana pasó y por ninguna parte podía averiguar lo sucedido y la prensa y la televisión no daban detalles. Otro mes pasó; entonces, desesperado, llamé a Florencia, hermana de Blancaflor. No sé por qué tenía su teléfono. Ella muy sorprendida por mi llamada, finalmente me dio informaciones vagas: su hermana todavía estaba en Neiva acompañada de una cuñada y cuñado que fueron a ayudarla para mudarse a Bucaramanga. Al parecer, Blancaflor había decidido vivir al lado de la familia de Hernando, su esposo. Eso fue todo.

Una semana después, para mi sorpresa, recibí en el correo una carta de Blancaflor:

"Pablo querido, no hemos sabido nada todavía sobre la suerte de Hernando. No sabemos si está vivo o muerto. ¡Nada! El fin de semana dejamos Neiva y estamos instalados en la casa de mis suegros en Bucaramanga, por eso del colegio de Paola e Iván. Cuando lleguen las vacaciones escolares iré a buscar casa en Bogotá. Sí, mi querido Pablo, pienso radicarme en la capital para estar cerca de Florencia y de ti. ¿Cómo te parece? Ella, mi hermana, está buscando una casa para mí, y colegio para sus sobrinos. Como te puedes imaginar don Felipe, de Tierra Alta, quiere que nos vayamos a la hacienda, y aunque sería maravilloso, no lo haré, por nada del mundo. Pronto lo vamos a tener aquí en Bucaramanga, la próxima semana, con el solo propósito de convencerme a viajar con él a San Benito o a Pasto. ¡Exacto! Pero esta vez no lo conseguirá, porque las circunstancias han cambiado. Pablo querido, ¡estoy desesperada por verte y estamos tan cerca! Mientras

se llega ese día, te mando una nube llena de besos y caricias, para que desde tu ventana la busques en el cielo. Toda tuya, Blancaflor".

En Julio, Blancaflor hizo dos viajes a Bogotá y se hospedó en casa de Florencia, su hermana. Una mañana me llamó para decirme que nos encontráramos para almorzar en el *Rincón de Boccaccio*. Su hermana quería conocerme.

Cuando las vi llegar, me sentí algo nervioso. Me levanté para saludarlas y Blancaflor me ofreció su mejilla para que la besara. Florencia era el retrato de su madre, solo sacó de su padre el color de sus ojos. Parecía mayor que Blancaflor, quizás por el peinado recogido en la nuca y su seriedad, sin embargo, había entre ellas una diferencia de tres años de edad. Con su marcado acento andino, comentó durante el almuerzo que ella había obtenido su grado en Educación en Pasto y que en Bogotá había tomado cursos en psicología infantil. Añadió que mientras sus hijos estudiaban, ella trabajaba en dos escuelas de la ciudad.

—Alfonso, mi esposo, gracias a Dios, no se opone en absoluto a mis deseos de ayudar en las escuelas. Usted, Pablo, que es profesor, seguramente sabe de los problemas psicológicos que hay en la niñez desamparada.

Blancaflor terció diciendo:

—Pablo enseña a muchachos ya creciditos y…

La interrumpí:

—Conozco compañeros de estudio y alumnos que han sido marcados por problemas psicológicos desde que eran chicos y esos problemitas los llevan con ellos toda una vida. ¿Por qué? ¡Por la bendita cultura nuestra! No todos, pero sí una mayoría de padres piensan con negativismo que sus hijos con problemas de esta índole no necesitan la ayuda de psicólogo o siquiatra, y como sabes, Florencia, esos problemas no se curan solos, hay que enfrentarlos.

Y para cambiar de tema, pregunté:

—Dime, Blancaflor, ¿ya conseguiste casa?... ¿En qué barrio?

—A que no adivinas, Pablo… Nada menos que en la Avenida Chile. ¡No podía ser en otro lugar!

Nos reímos de buena gana.

Las dos hermanas en nada se parecían ni en lo físico ni en su personalidad. Florencia: seria, recogida, con voz pausada, e inclusive en su sobria manera de vestir se diferenciaba de Blancaflor. Ella había heredado de su madre esa imagen de dignidad que muestran algunas mujeres. En cambio, Blancaflor parecía más atractiva, quizás por lo exótico de su rostro y por su personalidad. Ella tenía el alma imbuida en la naturaleza y esto le daba un aire de libertad, de romanticismo, de mujer soñadora y sensual… amante de la poesía. Por lo menos, así la veía yo.

Durante el tiempo de su residencia en Bogotá, Blancaflor me visitó en mi apartamento para esos nuestros *rendezvous* de amor y, solo una vez, tuve la oportunidad de visitarla en su casa de la Avenida Chile. Esa fue la ocasión en que vino mi madre a visitarme y se quedó unos días conmigo. Blancaflor nos invitó a cenar. Para esa ocasión, mi madre ya sabía que Paola e Iván eran posiblemente sus nietos. La emoción fue tremenda cuando Iván saludó a mi madre con un beso, sin embargo, ella disimuló como pudo mientras abrazaba a Paola. En el camino de regreso a mi apartamento comentó que ambos tenían rasgos de Arrollave y de los Murcia Quiroga, su familia.

Siete meses habían pasado de la desaparición del esposo de Blancaflor, cuando tarde en la noche recibí de Cali una llamada de mi madre, diciéndome que había rumores en la ciudad sobre la muerte del teniente coronel Fuentes ocurrida en un intento de rescate por parte del Ejército en una región montañosa del Cauca. En la acción también perecieron varios soldados.

Los periódicos y la radio no dijeron nada al respecto en los días que siguieron. Le comenté a Blancaflor sobre la llamada de mi madre para que averiguase con la familia del coronel en Bucaramanga, si sabían algo o para que se pusiesen en comunicación con la base militar. Sus cuñadas pensaban que él había logrado fugarse, y por esto el hermetismo del Gobierno. Al finalizar el mes, la guerrilla publicó un comunicado sobre el fallido rescate del Ejército y la muerte del coronel Hernando Fuentes en fuego cruzado.

Esa misma semana Blancaflor recibió la visita de un mayor del Ejército para comunicarle el triste fallecimiento del coronel. Le entregó un documento militar, junto con la promesa de rescatar su cuerpo para darle sepultura, como se merecía un servidor de la patria. "El Gobierno está en negociaciones con la guerrilla para que el cuerpo sea devuelto a su familia".

Matrimonio en Usaquén

Transcurrió un mes del aviso oficial del Ejército acerca del fallecimiento de Hernando Fuentes Álvarez, el esposo de Blancaflor. Según ella, su trágica muerte durante su cautiverio y rescate fue un golpe muy duro para todos y en especial para su familia en Santander y también para Paola y Adrián que lo consideraban un buen amigo que hacía las veces de padre.

Para mí, el fallecimiento del militar abrió una puerta de esperanza. Esta vez, la mujer que amaba, la familia que deseaba, no se escaparía de mi vida. La espera de todos estos años hubiera sido inconcebible para cualquier ser humano. ¡No quería esperar más! Y así se lo dije a Blancaflor. Ella estuvo de acuerdo, pero nos casaríamos en una ceremonia muy privada oficiada por el Padre Antonio en su iglesia parroquial de Usaquén.

En el carro nos acompañaban Paola e Iván. En otro carro, nos seguían mis padres que vinieron desde Cali, Rocío mi hermana, y su esposo Eduardo, que serían los padrinos de boda. La ceremonia fue oficiada por el padre Antonio Solarte en la iglesita de su parroquia en Usaquén. Si recuerda el lector, el padre Antonio era el párroco en Cumbal por los días en que yo, fugitivo de la guerrilla y gravemente enfermo, estaba prácticamente sentenciado a morir carcomido por la roña de la selva. Después, cuando dejó Cumbal al ser transferido a otra parroquia, nos seguimos escribiendo y en dos ocasiones vino a visitarme en Bogotá y a interesarse por mí.

Para la celebración de nuestro matrimonio, el padre Antonio tenía organizado un almuerzo en la casa parroquial. Al despedirme de él, me entregó una carta de *Chevrolet*. En la tarde de ese mismo día, asistimos a una segunda celebración en Bogotá, en la casa de Alfonso y Florencia, la hermana de Blancaflor. Allí nos esperaba también una emocionada Asunción con una hermosa torta de tres pisos y copas de Champaña para brindar. Este fue el sello final para cerrar el secreto evento de nuestra boda.

¿Cuántos años de espera? Nuestros hijos ya estaban saliendo de la pubertad. Me perdí todos esos años de su niñez. Sin embargo, nunca perdí la fe: "Un día, Blancaflor sería mi esposa. Un día llegaremos a ser una familia". Este mantra al fin se convirtió en realidad, y llegó a ser la confirmación de nuestra primera unión, la del ritual allá al pie del volcán Cumbal, a orillas de la laguna. ¡Tantos años habían pasado, desde ese día!

Al final de este día, tarde en la noche, dejé a Blancaflor y a mis hijos en su casa, despidiéndome con un beso. Tenía que ser así por ahora, pues estaba muy cercana la viudez de Blancaflor: No importaban otros días de espera, estábamos unidos por la Iglesia hasta el final de nuestras vidas.

La carta de Julián (alias *Chevrolet)* hacía, entre otras cosas, reminiscencia del último día de la fuga allá, en Cumbal. Esa noche, después de dejarme a la vera del camino bajo los volcanes, ellos se fueron a morir a la iglesia. Estaban derrotados por el cansancio y el hambre. Allí los encontró el padre Antonio, estirados en las bancas de los feligreses y al verlos moribundos se los llevó a la casa parroquial para que se recuperaran. Veinte días después pudieron continuar el viaje en bus hasta Fusagusagá, en Cundinamarca, donde vivía un hermano de Amelia, (alias, *Morisca)*. Con ella, Julián ha tenido dos hijos. El hijo mayor estudia bachillerato y la niña estudia la secundaria en un colegio de monjas. Después de varios trabajos en Bogotá, y gracias a la generosidad del padre Antonio, desde hace cinco años tiene un taller de reparación de carros y venta de repuestos de segunda en Usaquén. Sobre mi vida, el padre les había contado de cómo me salvaron allá en Cumbal y de cómo había llegado a ser profesor de Geología en la prestigiosa Universidad Nacional de Bogotá. Adjuntó la dirección de su taller y de su casa. Firmó con su nombre de pila: Julián Martínez Saldaña.

Me alegré por ellos, mis libertadores. La vida, al igual que a mí, les había dado una segunda oportunidad. Sería interesante hablar con ellos sobre ese tiempo en la selva, sobre nuestra fuga, pero pienso que ellos, como yo, queremos enterrar los recuerdos de esos tiempos nefastos. Después, cuando visité al Padre Antonio en Usaquén, tuve la oportunidad de visitar a Julián y a Amelia en su casa, y conocer a sus hijos. Al verlos en familia, me dije: "¿Quién podría imaginar ahora que ellos un día fueron guerrilleros? Ellos son ahora otras personas. Quizás la selva vuelve a la gente salvaje, despiadada, mala... Tal vez tiene que ser así, para poder sobrevivir...".

Una carta reveladora

Y volviendo al predicamento de mi situación, la indecible espera de formar realmente un hogar con Blancaflor y mis hijos me tenía frustrado hasta lo máximo. Ella me decía que la familia del finado Hernando todavía venía a visitarla por días a Bogotá, quizá porque se sentían obligadas a hacerlo, y que ella no sabía cómo comunicarles su matrimonio conmigo.

Al final del tercer mes de casados, Blancaflor envió una carta a Bucaramanga a los padres de su difunto esposo para participarles sobre su matrimonio con Pablo Arrollave Murcia.

Arreglado este impase, llevé lo más importante de mi apartamento, que no era mucho: mis libros, mi música, el escritorio, álbumes de retratos, fotografías de volcanes, piedras, rocas… cosas que acumula un geólogo en su paso por la tierra y, por fin, despues de tantas pausas en el camino de nuestro amor, empezamos nuestra vida de hogar en su casa de la avenida Chile.

Valió la pena esperar y llegar por fin a formar la familia con Paola e Iván y la mujer que amé desde siempre. Si algo aprendí a lo largo de toda esta saga sembrada de vicisitudes y después de pedir la mano de Blancaflor, que me fue negada, es que no hay que ser impulsivo y que vale la pena esperar que la oportunidad se presente, para abordarla con inteligencia y se hagan realidad nuestros deseos. Suena como lógica de profesor, pero yo, así lo creo.

Mientras tanto Blancaflor, preocupada porque no había vuelto a saber nada de sus padres, pensó que quizá estaban disgustados porque no les había dicho nada a ellos acerca de nuestro matrimonio. Ellos ya debían estar enterados de todo por su hermana Florencia. Decidió entonces escribirles una carta:

"Queridísimos viejitos:

Confieso que desde que tuve diez y siete años quise casarme con Pablo Arrollave Murcia, y aunque parece increíble, en este mes de junio, finalmente nos hemos casado. Me perdonan por no haberlos invitado a mi matrimonio. Me perdonan por no haberles confesado que Pablo es el padre biológico de mis dos hijos: Paola e Iván. Los concebimos allá, en el volcán Chiles antes de casarme con David y antes de la muerte de David. Ahora, con esta mi confesión, puedes entender papá, por qué acepté casarme con David Chamorro Sanmiguel. No quería que el ser que esperaba se quedase sin padre; yo tenía que salvar a Pablo, ¡eso era más que esencial!... Y, después, cuando quedé viuda y me casé con Hernando Fuentes, ya tenía a Iván y temí que le pasara a Pablo lo mismo que le pasó a David. No quería dejar huérfanos de padre a mis hijos. Y ya ves, papá, el destino se encargó de dejarme viuda por segunda vez para así poder casarme con Pablo y formar la familia que anhelé siempre, la que debía ser. Mi pobre mamá, poco sabe de estas cosas que solo tú y yo sabemos. La vida sin obstáculos, no existe en este mundo, y nada justifica acabar con estos, a cualquier precio, como tú lo crees. Yo te he perdonado, pero solo porque eres el ser que me dio la vida. Te quiero y te seguiré queriendo como una hija. Esto es todo lo que quería decirte".

Esta carta de Blancaflor a sus padres no la leí en ese momento. Solo tiempo después me enteré de su contenido por los reclamos de Lorena a su hija.

Según lo que dijo Lorena, madre de Blancaflor, Felipe leyó la carta de su hija y luego se la entregó a ella para que la leyera. Apresurado salió de la casa por la puerta que da a los potreros. Desde allí, él podía ver en toda su grandiosidad los cerros que lo vieron nacer, crecer y volverse un hombre; en ese momento del atardecer, el Chiles y el Cumbal se perfilaban aún más enigmáticos. Lorena fue a su lado y le pasó un brazo por la cintura. El dueño de *Tierra Alta* con voz quebrada se lamentó:

"Perdí a mi hija y a mis nietos. Siempre sospeché que mis nietos eran hijos del canija de Pablo. ¡Te saliste con la tuya cacique Cumbe! No me perdonaste que casara a mi hija con el borracho de David… y después con el militar. Tú, cacique, preferías al aparecido guerrillero. También sabes que dejé de buscar al pastuso de David en la laguna, porque no podía olvidar que en las tabernas me calumniaba vilmente con la muerte de mi padre Celso y que soplara ese

infundio a los cuatro vientos para dañar mi reputa-
ción. Después del accidente, Cesáreo tenía que hacer
aparecer al ahogado de alguna manera para termi-
nar con la espera. Todo ha sido un morral de mal-
entendidos, porque tampoco quise borrar del mapa
al tal canijas, como cree mi hija. Yo, Felipe, hijo de
Celso Molina, los había perdonado ya, y ¡aunque no
lo crean…! Les habría permitido casarse. ¡Ahora!…
¡Ya no hay nada que hacer!".

Acto seguido, le pidió la carta a su mujer y la quemó.

Vacaciones veraniegas

Este verano, un año después de nuestro matrimonio, decidimos pasar las vacaciones escolares de mis hijos y mis vacaciones de la Universidad en la región de los volcanes. Maclovia nos consiguió una casita en arriendo, en una vereda cercana a San Benito. La pintaron de blanco y los marcos de ventana y puertas de color cereza y nos consiguieron lo más necesario para poder ocuparla a nuestra llegada. Estaba ubicada en el tope de una colina, cercana a una vereda a veinte minutos de San Benito. La amoblamos poco a poco, le hicimos un baño adicional y organizamos la cocina con gabinetes y lavadero. Cuando finalizaron todos estos detalles en la casita, Blancaflor insinuó que era tiempo de invitar a su madre y le envió una misiva con Cesáreo.

Lorena llegó en su carro con Milciades, el chofer de la hacienda. Trajo muchos regalos para sus nietos y por supuesto, fue este un gran acontecimiento para nuestra familia. Muchas veces nos visitó en estos meses de vacaciones. Por ella supimos que Felipe estaba muy resentido con su hija. Nos dijo que su salud era muy precaria por problemas del corazón. En una clínica de Pasto le habían implantado un marcapasos.

Entre otras cosas, Lorena le preguntó a su hija si sus nietos sabían ya que eran hijos de Pablo. Blancaflor le contestó que todavía no, que quizá le revelarían la verdad cuando llegasen a la mayoría de edad o que quizás nunca. Pero que también habían pensado que yo podría adoptarlos para darles mi apellido. Ellos me llamaban cariñosamente: Pablín.

Ximeno también vino desde Cali a pasar las vacaciones con nosotros. Juntos, hacíamos muy gratos paseos a caballo por las veredas cercanas y por los alrededores de los volcanes. Por carretera viajamos hasta la iglesia de las Lajas, a Pasto y a los pueblos situados en las faldas del volcán Galeras, a la laguna de la Cocha y a todas esas poblaciones en medio de las montañas, regiones fértiles y únicas de la geografía de nuestro país. Un departamento donde está por descubrirse la grandiosidad del nudo de los pastos, sus cordilleras, volcanes, lagunas y poblados con asentamientos étnicos. Una tierra privilegiada por la exuberancia de la naturaleza y por sus paisajes.

Las navidades las pasamos con mis padres en *La Riverita*. Me di cuenta con tristeza de que Adrián, mi hermano, no estaba muy bien de salud. La sonrisa característica que iluminaba siempre su rostro, había desaparecido. Su último *Toto* había muerto hacía unos días y esto lo tenía muy triste. Mi madre no quería reemplazarlo porque pensaba que sería difícil cuidarlo, y además Adrián no estaba en condiciones de apegarse a una nueva mascota. Su vida estaba a punto de terminar.

En febrero viajamos a Cali para el sepelio de Adrián. Encontramos a Asunción y a mi madre inconsolables. Era triste para mí contemplar esas tres figuras adultas que se quedaron solas en la casa de *La Riverita*, viviendo de los recuerdos de los tiempos idos: los tiempos escolares de sus hijos marcados por el trajín de los desayunos y de las carreras para alcanzar los buses; las fiestecitas de cumpleaños y las navidades con olor a galletas y tortas recién horneadas. Todo eso era ya parte del pasado.

Y cuando llegaron las tragedias de mi secuestro y una Jimena perdida, la vida cambió para mis padres y hermanos en la casa de *La Riverita*. Con el tiempo, sin embargo, todos esos episodios se fueron esfumando. Gracias a Dios apareció Ximeno, para alegrarles la vida a mis padres y a Asunción. La vida de ellos me imagino que gira ahora alrededor de ese hijo de Jimena que está creciendo con el reflejo de su sabiduría y su envidiable amor. De eso, estoy seguro.

Acerca de Ximeno, mi madre comentó que él sabía que sus padres se ahogaron en el río Putumayo. Le dieron un retrato de su madre y Asunción se inventó uno de su padre que sacó de los álbumes familiares, algún amigo de Daniel. Ximeno estaba preocupado porque en el colegio unos estudiantes le preguntaron por los nombres de sus padres. El les respondió que su madre se llamaba Jimena y estaba muerta. Cuando le preguntaron el nombre de su padre, él les dijo que se llamaba Ximeno como él y que también estaba muerto. Les mostró el retrato de Jimena que siempre llevaba en un libro.

En ocasiones, mis padres lo llevaron a dejar flores en la tumba de Jimena. Por cierto, ya los restos de mi hermana están allí en el *Jardín de los Recuerdos*, el cementerio donde ella quería estar. Mis padres me pidieron el traslado de sus restos de la cueva, porque querían tener cerca a su hija.

A veces, mis padres conjeturaban que quizás Ximeno era hijo de ese comandante Feliciano que aparecía en las fotografías con un rostro camuflado con barbas y una gorra que cubría su cabeza, pero luego descartaban esa hipótesis: Ximeno no tenía carácter de guerrero o insurgente. En su modo de ser están presentes los genes de Jimena en su físico y en la piel más bien clara, la nariz y los labios, pero sus ojos no eran de Arrollave y Murcia, eran unos ojos almendrados de pupilas negras, de mirada intensa y enmarcada por cejas pobladas y rectas. Los cabellos lacios y negros herencia de un padre desconocido.

Entre otras novedades: el día del sepelio de Adrián, apareció un nuevo personaje en nuestra casa de *La Riverita*, un hijo de un hermano de mi padre. En este entonces no sabíamos que Ernesto Arrollave sería el hombre que se encargaría de la Ferretería con opciones de compra a la vuelta de unos años. Mi padre ya había tenido conversaciones con su sobrino sobre el particular. Me enteré por relatos de mi madre que el padre de Ernesto era Julián, el abogado hermano de mi padre, que fue siempre el preferido de su difunto padre, porque como él, estudió Leyes. Naturalmente, Julián quiso que su hijo Ernesto estudiase Leyes pero él escogió ser militar. Eso le costó muchas desavenencias con su padre.

La historia en la familia de mi padre se repite, y esto me hace pensar en Nietzsche y su teoría del *"eterno regreso"* pero no en lo que refiere a la eternidad, sino con la repetición de sucesos durante la vida misma. Mi padre tampoco terminó Leyes y prefirió trabajar con un tío que tenía una ferretería y que le apoyó para que se quedase con ella. Esta decisión le costó también a él, el distanciamiento de su padre.

Como repitiendo la historia, un día cualquiera, un familiar desconocido de mi padre llega a visitarlo. Alguien le había contado que su tío tenía una ferretería en Cali y él quería dedicarse a ese trabajo. Era Ernesto Arrollave, un sobrino lejano. Desde hacía ya un tiempo, mi padre estaba pensando en vender el negocio y su sobrino le dijo que él estaba interesado. Le propuso que lo dejase colaborar en la ferretería por unos meses, trabajando a su lado para aprender el movimiento del negocio. Quería dejar el Ejército con el rango de capitán, a causa de los peligros de la guerrilla y de los paramilitares en la región de Carmen de Bolívar adonde estaba asignado desde hacía pocos meses.

En el mes de junio, seria la graduación de Paola. Ella terminaba su bachillerato y para esta ocasión nos acompañaron mis padres en Bogota.En la noche se realizó una bonita celebración con invitados de la familia y amistades en uno de los salones de un conocido salón de recepciones.

A las once de la noche de ese treinta de junio, ya estábamos de regreso a la casa de la avenida Chile. Dos urgentes mensajes de la parroquia de Cumbal nos esperaban, y decían: "Felipe Molina entregó su alma al Creador, en la tarde de hoy".

Sepelio de Felipe Molina Rueda

A esas horas de la noche llamamos primero a la parroquia y nadie contestó. Luego Blancaflor marcó el teléfono de la hacienda. Lorena, su madre, pasó al teléfono y llorando desconsolada, le informó a su hija el fallecimiento de su padre. Felipe Molina Rueda dejó de existir a consecuencia de un infarto. Consternada y suplicante le pidió a Blancaflor que fuese cuanto antes con su esposo Pablo para ayudarla a sepultar a su padre.

Esa misma noche salimos rumbo al aeropuerto para tratar de conseguir vuelo con destino a Cali. Llegamos a Pasto a medio dia y en seguida contratamos un carro para viajar a Cumbal y San Benito

En una salita de la casa, encima de una mesa con mantel blanco estaba el féretro y su ocupante rodeado de macetas de lirios y azucenas. Cuatro cirios lo alumbraban. Me acerqué por un instante y lo miré con tristeza. Allí estaba el hombre fuerte con los ojos cerrados. Mi suegro lucía indefenso como una fiera muerta. Ya no podía decirme nada. Qué equivocado estuvo conmigo. Hubiéramos podido ser buenos amigos.

Al rato llegó su hijo Juan Felipe, su esposa y sus hijos. Florencia estaba en camino con su esposo Alfonso desde Bogotá. Se esperaba a sus hermanas y otros familiares.

Me encontré a Cesáreo en la iglesia adonde llevamos el féretro esa mañana para la misa que se iba a oficiar a eso de las once, más o menos. Cesáreo se acercó a mí y con cierta sorna dijo:

—Pablín, ojalá su suegro, el finado *Rey* de *Tierra Alta,* no resucite para sacarlo corriendo de la casa... ¡Tamaña ironía de la vida! El yerno odiado se hace cargo de llevar al suegro al camposanto. La historia se va a repetir, Pablín, porque usted va a quedar de patrón de la hacienda, se quedará manejando la propiedad. Lorena se lo va a pedir.—Se quedó mirándome con un gesto de inquietud en su rostro, y sentenció—: Todo va a cambiar...

Asesorado por el párroco de Cumbal se organizó el programa del sepelio como correspondía a un hijo importante de la región: el servicio funeral empezaría en la mañana con una misa litúrgica de los muertos en la Iglesia parroquial y unas palabras del padre Gabriel y de Juan Felipe. La velación y entierro sería a eso de las tres de la tarde en el cementerio de Cumbal. Después vendría la novena, como se acostumbra en esta región andina.

En el funeral de Felipe Molina Rueda estuvieron presentes sus tres hijos con sus respectivas familias. Juan David, su hermano, que estuvo distanciado por muchos años de *Tierra Alta* por malentendidos con su madre y hermano, se presentó en esta ocasión con su familia. También Ana María, una de sus hermanas vino desde Quito. Así mismo asistió el capataz con todos los trabajadores de la hacienda, amistades y autoridades de los resguardos y veredas. Alguien importante había fallecido.

Lorena y sus hijos fueron muy amables con Juan David, el hermano del difunto. Al despedirse, Lorena invitó a su cuñado y familia a regresar a la hacienda, allí sería siempre bienvenido. Habían pasado muchos años del distanciamiento de Juan David Molina con su hermano Felipe y esta reconciliación, aunque tardía, fue bien recibida por todos.

Durante nuestra permanencia en San Benito, Lorena habló con su hija Blancaflor y conmigo para pedirnos que la ayudásemos a manejar la hcienda. Mencionó que su hijo Juan Felipe había dicho rotundamente que él no podía dejar su vida en los llanos, sus tierras y negocios allá. Florencia, menos. Ella tenía su vida en Bogotá. Aconsejó a su madre que lo mejor sería vender la propiedad y buscar residencia en la capital donde no solo estaba ella sino también Blancaflor y sus nietos.

—Eso de vender la hacienda… Felipe nunca me lo perdonaría —nos dijo Lorena con tristeza.

La familia se reunió antes de marchar a sus respectivas ciudades de residencia y al final se convino que Juan Felipe se encargaría de la administración de la hacienda, aunque esto significaba que tendría que viajar entre los Llanos y Cumbal, pero solo por un tiempo.

Cinco años después…

El gran dilema de terminar una vida y empezar otra no era nada fácil. De regreso a la capital, hablé con un colega sobre mi retiro de la cátedra de geología. Él me aconsejó no retírame sino pedir a la universidad una licencia de ausencia por un año. Durante ese tiempo podría valorar si de veras quería quedarme por tiempo indefinido allá, en Nariño, o regresar a las aulas. Juan Felipe no podía encargarse más de *Tierra Alta*. Esos viajes desde los Llanos a Nariño no los podía seguir haciendo por motivos de salud.

¡Por Dios! No era fácil dejar la profesión de enseñanza que tanto amaba. Pero por otro lado, la tentación de pasar el resto de mi vida allá, en la región de los volcanes, era algo que indiscutiblemente me atraía. Pensé: así tendré tiempo para escribir artículos y libros de geología y quizás una novela con los escritos de mi madre y otro con Mis días en el infierno.. Por otra parte, ya no soy el joven idealista de esos tiempos de mi encantamiento con los volcanes. En aquellos tiempos necesité la magia del Chiles y del Cumbal, de esa región, para canalizar mi vida y encontrarme a mí mismo. Estaba enamorado, metido en un romanticismo del que no podía escapar. Pero ahora, más allá del medio día de mi vida, el magma volcánico dentro de mí ser había dejado de ser incandescente. El amor había dejado de ser impulsivo. Se había acomodado a la rutina, esa rutina de trabajo, de hijos, de hogar, de seguridad…. Atrás quedó: lo elusivo, lo incierto, los sueños de amor, los deseos insaciables de las noches volcánicas en la carpa alpina. Con los años se había ido apagando ese hábito de cazador de aventuras amorosas, tan innato en el instinto del hombre.

Blancaflor era un producto de allá, de los volcanes y siempre añoró a *Tierra Alta* y estar al lado de su madre. Amaba las montañas, los paisajes de su tierra, los caballos, la simplicidad de esa vida en San Benito y de la región de Cumbal. Por ese lado no había problemas. Paola, mi hija, estudia Leyes en la Universidad Nacional e Iván cursa su primer año de Ingeniería Civil.

En medio del dilema de esos días reflexionaba: "Quizá es erróneo lo que pienso hacer. Dejar mi cátedra, mi vida cómoda en la capital, la cultura que me brinda mi profesión, la cultura de la capital y cambiarla por una tierra aislada, allá abajo de los volcanes, con una cultura étnica de mitos arcaicos; administrar una hacienda de la que no sé nada, absolutamente nada. ¿Una locura?".

Como quiera que fuese, no consulté mi decisión con mis padres. Seguí el consejo del colega de pedir licencia de mi cátedra por un año. Después de ese tiempo sabría si de verdad quería quedarme en San Benito. Sin embargo, esta decisión sí la consulté con Blancaflor y mis hijos. Ellos tendrían la última palabra.

Blancaflor se encargó de hacer una lista de cosas que llevaríamos de la casa a la hacienda. La casa en la avenida Chile la dejaríamos como residencia para mis dos hijos, mientras estudiaran en la capital. Rosita y Mariana, las mujeres del servicio que acompañaron a Blancaflor desde que salió de San Benito, aunque ya entradas en los cincuenta, se quedarían para acompañar a mis hijos todo el tiempo que fuera necesario. Después de todo, ellas los habían visto crecer, y eran personas de toda nuestra confianza. Florencia y Alfonso se ofrecieron a estar pendiente de sus sobrinos y de la casa. Lo mismo Rocío y Eduardo. El apartamento de la Avenida Caracas lo cedí en arriendo a un colega de la Universidad.

Dos semanas después emprendimos el viaje para Cali. Nos quedaríamos unos días en *La Riverita* con mis padres. En esta visita, noté a mi madre un poco frágil, sin la energía de otros tiempos y con una resignación hasta rara en ella. Mi padre navegando en su ancianidad, por falta de hobbies le dedicó días al jardín y con gran entusiasmo. Asunción cada vez más pegada a los santos, tenía un altar en su recámara y el rosario estaba siempre en sus manos. Ximeno estudiaba veterinaria en Manizales, siguiendo la carrera inconclusa de su madre, visitaba con frecuencia a sus abuelos. Aproveché esta visita para invitar a mis padres y Asunción a visitarnos en San Benito el verano próximo.

Una nueva vida

Durante el *reinado*, por así decirlo, de Felipe Molina Rueda, el dueño y señor de la hacienda *Tierra Alta,* estuvo terminantemente prohibida mi presencia en su casa. Allí, nunca fui bien recibido. Solo entré por breves minutos cuando acudí a pedir la mano de Blancaflor; petición que me fue negada. Y, ahora, por esas imprevistas y extrañas cosas de la vida, estoy aquí, en *Tierra Alta,* convertida en mi residencia permanente y acompañado de Blancaflor, de mi suegra Lorena y de mis hijos que vinieron a pasar con nosotros estas vacaciones de verano.

Poco a poco me he ido adaptando y tomándole gusto a esta nueva vida. Después del desayuno dedico mi tiempo al campo acompañado del capataz Nicomedes Albano y de Leónidas, el hombre encargado de los caballos y del ganado, que por cierto, reemplazó a Cesáreo, después de su retiro. En las tardes visito los sembrados de las colinas que ocupan una buena extensión, siempre acompañado de los expertos en este campo de la agricultura. ¡Hay tanto que aprender!

Los sábados en la mañana, el trabajo de oficina me quita tiempo, aunque Blancaflor me ayuda a sortear el papeleo. En las noches, estoy pendiente de las sombras en los pasillos y alcobas. Pienso que el fantasma de Felipe Molina quizás anda por allí, vigilando muy de cerca al intruso "*Ca-nijas*" como me llamaba despectivamente. Él tampoco debe creer que yo soy ahora el señor de este enclave, y como en la historia de *Florio y Blancaflor* en el *Filocolo de Boccaccio,* al final de la historia me casé con la persona amada, y parodiando su apodo, ahora soy el *rey* de *Tierra Alta.* Por cierto, mi madre está maravillada, porque mi historia salió a semejanza del "*Filocolo*" de Boccaccio.

Desde que entré a la casa de *Tierra Alta* para administrar la hacienda, sentí una gran curiosidad por conocer el entorno donde creció Blancaflor: el exterior e interior de esta gran casa es diferente al de las casas de hacienda de nuestro Valle, donde por el clima las casas son abiertas con amplios corredores y ventanales. *Tierra* Alta en su arquitectura es un rectángulo. Al entrar por la puerta de pino de dos naves, se encuentra un pequeño vestíbulo que da a una sala abierta con una enorme chimenea construida con lajas de piedra y para detener las llamas, una rejilla de arabescos en hierro forjado. Encima de la chimenea hay un cuadro bastante grande que parece pintado en tabla con la técnica pictórica en témpera. La imagen, aunque un poco desdibujada por el tiempo, muestra un paisaje de serranías bajo un cielo de tenues azules con tintes lavandas, y un grupo de caballos retozando en un pastal de un llano donde hay solo un árbol con sus ramas extendidas hasta un camino que se pierde en la lejanía. En una esquina de la pintura, a manera de firma, hay xxx casi que borradas por un pincelazo azulado. Según Blancaflor y Lorena, ese cuadro siempre estuvo allí, desde los tiempos del abuelo Celso Molina. Cesáreo dijo el patrón lo había pintado.

En el piso de tablas de pino, al lado y lado de la chimenea, esculturas talladas en madera, semejan réplicas de los ídolos encontrados en San Agustín, Huila. Los muebles en cuero de la sala, color sable, están distribuidos frente a la chimenea: dos sofás y dos sillones enormes. En el centro una mesa larga parecida a un baúl antiguo de piratas, sobre una alfombra de yute en colores neutrales. En una de las mesas auxiliares la escultura en bronce de un caballo y lámparas con bases de hierro forjado.

En la esquina de la sala hay una fuente de piedra empotrada en la pared por donde bajan chorritos de agua que se van perdiendo entre piedras musgosas. Después de la sala está el comedor, con ventanales a los potreros, colinas y cordillera. Una mesa larga de madera oscura con patas torneadas al igual que las ocho sillas con asientos de cuero. Dos candelabros como de Iglesia tallados en madera con sus respectivos velones sobre un camino tejido por Lorena, ocupan el centro de la mesa. Del cielo raso cuelga una lámpara de hierro forjado bastante grande, la rueda donde están las luces, está sostenida por tres cadenas que se unen en un vórtice con diseño de corona.

A un lado del comedor después de un pasillo está la cocina, típica de hacienda: grande y funcional, con varias despensas y estufas sobre encasamientos de ladrillos y sus respectivos orificios por donde se saca la ceniza. Desde una ventana horizontal se divisan los potreros que se van estrechando hacia las colinas de la cordillera.

Las piezas están situadas al lado y lado del pasillo principal en el ala norte y en el ala sur. Todas tienen su ventana correspondiente y cortinajes pesados. Por cierto Lorena, mi suegra, ocupa el ala norte. Allá también está el despacho de su difunto esposo. Hay tres piezas para huéspedes, antes ocupadas por los tres hijos del matrimonio cuando eran hijos de familia todavía. En el ala sureste, están las piezas que ocupamos con Blancaflor y también mi oficina-biblioteca. Las piezas de Paola e Iván cuando nos visitan están ubicadas en el suroeste. En cada ala de la casa hay dos baños, que por lo visto, han sido modernizados.

La vista desde el ala sur de la casa es majestuosa. Las imágenes de los dos volcanes, el Chiles y el Cumbal, no tienen igual. Las colinas que forman parte de la base de los volcanes con sus sembrados le dan colorido a las serranías rocosas.

Siguiendo por los pasillos se encuentran las habitaciones o recámaras con sus muebles tallados y cortinajes de falla. Lorena comentó que cuando se casó con Felipe, poco a poco fue decorando la casa y cuando se murió Martina, su suegra, aprovechó para modernizar los baños y cambiar muebles y cortinajes.

Martha Lucía, la sobrina de Lorena, vivió muchos años en la hacienda. Ella había aprendido el arte de la costura en Bucaramanga y se encargó de confeccionar cortinas, manteles, cojines y un sinfín de lencería con un gusto exquisito. Por cierto, Maclovia, la mujer de Cesáreo, dijo haber aprendido con ella el arte de la modistería. Pero según Lorena, el frío finalmente corrió de la hacienda a su sobrina, porque empezó a sufrir de artritis y debió regresar a Bucaramanga. Las malas lenguas dicen otra cosa: según Maclovia su partida se debió a que Felipe prestaba demasiada atención a la sobrina de su esposa.

La otra gran pintura estaba en el despacho del finado. Algo primitiva, muestra las imágenes de los volcanes y la laguna Cumbal; sin embargo, tiene su mérito, porque logra captar la esencia del misterio de esos dos cerros. Además, en lo que parece la firma, aparecen las xxx, algo que me intriga sobremanera porque en mi sueño allá en la cueva, el hombre de la barca tenía un cráneo humano con tres equis escritas en la frente. Pienso que en ese cuadro está el alma de la casa y de la hacienda. Recuerdo que cuando le mencione a Maclovia la visión que tuve de las tres equis en la calavera en manos de alguien que parecía a Cesáreo, ella se asusto y comentó que eso podía ser el misterio de un chisme que tenía que ver con don Celso y no lo fuera a comentar a Cesáreo..

El exterior de la casa es todo de ladrillo limpio. Un cajón rectangular con una elaborada puerta de dos naves en pino y como ocho ventanas con marcos en madera de pino encerradas en ventanales de hierro forjado.

***

Poco a poco me he ido acomodando a esta nueva vida. Atrás dejé la ropa citadina colgada en los closets de la casa en Bogotá. Atrás, estoy dejando todos esos hábitos de mi vida en las ciudades. El frío constante entumece mi cuerpo y la respiración de altura la estoy superando con subterfugios de terapia respiratoria. A veces, la niebla cobija toda la comarca y entristece el alma. La vista de los paisajes se pierde por completo. Esas son las horas de los días en que me encierro en mi estudio a escribir. Blancaflor tiene la costumbre de leerle a su madre, que está perdiendo la vista. Extraño, muy extraño que a Lorena le gusten las novelas de espías, que no van con su temperamento otoñal. De Bogotá mis hijos nos envían videos y filmaciones interesantes, como también gran cantidad de libros que llegan a las librerías y que vale la pena leer.

Nicomedes Albano, el capataz de *Tierra Alta*, camina conmigo por todas partes. Cesáreo, aunque ya está retirado, se encarga de explicarme lo referente a la cría y venta de animales, y doña Lorena, como yo la llamo, me ha estado asesorando en la administración de la hacienda. Acompaño al veterinario cuando viene a chequear el ganado y los caballos. Tenemos gallineros de ponedoras y otros de sacrificio. Un agrónomo que ha trabajado con la familia desde hace años está pendiente de las siembras y cosechas. Poco a poco he ido aprendiendo el complejo manejo de la hacienda. Recorro los campos a distintas horas del día para conocer a los trabajadores que vienen de las veredas. Con Blancaflor y el capataz visitamos clientes de varias ciudades.

Mi vida en *Tierra Alta* no es, como puede verse, la vida de un terrateniente de esos que figuraban en las novelas de otros tiempos. Aquí hay que estar pegado a la tierra y a los animales, a la naturaleza en todas sus formas para que la tierra produzca y rindan las cosechas y para sobrevivir a la falta de distracciones. En la ciudad los días vuelan, en el campo los días son eternos. He optado por vestirme yo también con ruana, sombrero de fieltro y botas de montar a fin de parecer un hombre de serranía al igual que todos los habitantes de la región.

Como esparcimiento en este territorio indígena, visito con Blancaflor a Cumbal para platicar con el nuevo párroco de nombre Rogelio, oriundo de Cundinamarca. Nos hizo buena impresión. Es joven, con una gran vocación cristiana y tiene muchos proyectos para las escuelas en lo que se refiere a deportes.

Los fines de semana cabalgamos por las faldas de los volcanes, veredas de la región y por caminos que van a la laguna. Hemos visitado en tres ocasiones la cueva donde estuvo *Jimena* y donde todavía esta *Clema*, su amiga de fuga. Hace unos años mis padres me pidieron llevar los restos de Jimena a Cali. Yo ayudé a organizar la osamenta en una caja de madera, los que creí que eran de mi hermana por el mechón de pelos castaño. Ella duerme su sueño eterno en el *Jardín de los Recuerdos*, el lugar donde quería reposar. Algo de Jimena, sin embargo, está todavía allí, en la cueva del Chiles.

Este sábado de agosto, el cielo está muy claro y las nubes como lana de ovejas, están pegadas en la bóveda del cielo formando caminitos. Blancaflor dijo:

—Pablo, mira el cielo, va a haber cambio de tiempo. Mi padre siempre decía esto cuando las nubecitas estaban perchadas así en el cielo. Y sí, es verdad, lo he podido comprobar. En el mes de agosto, los vientos allá arriba en los volcanes deben ser tremendos. Buen tiempo para subir. ¿No te parece?

A ella le gusta sentir el viento llevando su melena, acariciando su rostro, estremeciendo los frailejones y escuchar los silbidos que se marchan con las ráfagas de vientos que circundan los volcanes.

A trote ligero subimos por los caminos hasta donde está la lagunilla. Nos bajamos de las bestias y buscamos un lugar para sentarnos desde donde podamos admirar la planicie allá abajo extendiéndose entre colinas y veredas, hasta llegar a la cordillera. Blancaflor descansó su cabeza en mi hombro y como en soliloquio dijo:

—Pablo, no sé por qué, últimamente me siento culpable de haberte arrastrado hasta San Benito. Culpable porque dejaste tu profesión por la que estudiaste tantos años. Tú amas enseñar, y eso te llenó la vida. Por darme gusto, renunciaste a todo. Lo hiciste por mí, porque me amas. Eso lo sé.

—No digas tonterías Blancaflor. Por muchos años estuve dedicado a enseñar. Escúchame… no todo en la vida es como uno lo desea y como uno quiere que sea, porque llegan impromptus que trastornan todo. Uno tiene que estar preparado para todas esas posibilidades.

—Si estuviésemos en Bogotá estaríamos al lado de nuestros hijos y tú enseñando todavía y disfrutando la vida citadina.

—¿No te has dado cuenta de que aquí me siento satisfecho? Es otra clase de satisfacción la que percibo en mi vida actual. Es un nuevo reto en mi vida que estoy aprendiendo a descubrir y a conquistar. Aquí, en el silencio del campo, la tierra se mete en mi corazón con todo su misterio, su grandeza y asombrosa realidad. Esto me llena. ¡No te imaginas cómo me llena!

Blancaflor tomó mi rostro y me dio un beso, luego dijo:

—¡Mira donde estamos! Exacto en el sitio donde armabas la carpa… donde todo empezó, y donde tú en las noches alumbrabas con la lámpara para que yo viniese a verte. ¿Recuerdas? Y no me vas a creer… aun ahora, en las noches desde la ventana todavía busco en el cerro esa *luz en los volcanes,* y a veces me parece verla.

—Nunca te dije que yo también veía a veces una *luz en los volcanes*, algo como una fogata, en esos tiempos que habité el ranchito y no te conocía todavía. ¡Fue algo extraordinario!

Allá abajo se divisa, desde este mirador, la casona de *Tierra Alta* con sus potreros y establos y las colinas sembradas. Miré a la mujer a mi lado y le pasé el brazo para acercarla más a mí. ¡Cuántos años habían transcurrido desde esos tiempos de nuestros amores prohibidos! Esta de ahora, era otra clase amor, porque después de todo encontré la mujer de mi vida. ¡Ella era mi otra mitad!

A mi memoria traje el mito del *"Banquete de Platón".*

En el banquete, *Aristófanes* comentó en su discurso: *"Al hombre, Dios lo dividió en dos mitades, y esa mitad de hombre anda por el mundo buscando su otra mitad. Entonces el amor, es el deseo y la búsqueda de encontrar la mitad perdida de uno mismo. Y si tienes suerte, un día la encuentras…"*

Yo tuve suerte, y encontré mi otra mitad, en un día, a la orilla de la laguna, cuando ella, Blancaflor, se deslizó dentro de mi cuerpo y yo la sentí dentro de mí: ¡tibia y radiante! ¡Éramos un solo cuerpo, una sola alma! Entonces me di cuenta que había encontrado mi otra mitad. Ella es parte de mí, yo soy parte de ella. Somos uno.

Remembranzas

En esta región de volcanes, muchos años después, cuando los hijos crecieron, se educaron y se marcharon del hogar a empezar su vida en otros lares, y los padres se volvieron viejos y los abuelos, también se fueron… se escuchan todavía las historias de los extraños hechos ocurridos ayer en esas tierras de volcanes. En la media luz de las habitaciones, cuando la naturaleza duerme y el silencio de la tierra nos cobija, una persona sensible puede sentir todavía esos acontecimientos trágicos o felices que formaron sus vidas. Hechos enredados en un mundo de misterio que se fueron convirtiendo con el paso del tiempo en verdaderas leyendas.

En San Benito, en el hogar del finado Cesáreo, mozo de establos en *Tierra Alta* durante dos decenas de años, solo quedó Maclovia, su compañera. En sus años octogenarios, ella ya ha perdido parte de la vista pero no su don de contar historias. Sentada en la silla que el padre Gabriel le regaló a Cesáreo veinte años atrás y que ella llamó la *silla matrona*, por su mastodonte tamaño, similar al de una silla de altar de iglesia, y que luego colocó en la cabecera de la mesa de su humilde comedor, Maclovia cuenta todas esas historias de tiempos pasados. En las noches de luna, después de saborear una taza de chocolate con queso y bizcochuelo andino, acompañada por Herminia y Jacinto, sus sobrinos que vinieron a visitarla desde Sandoná, una población situada al otro lado del Galeras, Maclovia disfruta entreteniéndolos y entreteniéndose ella misma, rememorando todas esas increíbles historias que su esposo, el finado Cesáreo, le confió poco a poco a través de los años. Maclovia sabe narrar esas historias con un timbre de misterio en su voz que las hace más interesantes todavía. Quienes la escuchan apenas si se dan cuenta de que el tiempo pasa y pasa… En mis visitas a su casita yo también las he escuchado y sacado mis propias conclusiones.

Esta es, por ejemplo, la historia que cuenta Maclovia sobre la desaparición de David Chamorro:

"Cesáreo encontró primero la bota de cuero del ahogado, por allá en los bejucales de la laguna. La bota sí era la que llevaba ese día y noche el finado David Chamorro Sanmiguel, esposo de Blancaflor, la hija del patrón de *Tierra Alta*. Después de un tiempito largo, quizás tres o cuatro semanas, entre los bejucales de Totora, mi Cesáreo encontró un esqueleto vestido con andrajos de ropa de hombre, un poco lejos del embarcadero de la laguna. Se dijo que los restos eran del finado David, por la marca de fábrica que todavía se podía leer en la camiseta, marca de rico… ¿Y a qué no adivinan? —Aquí Maclovia hace una pausa larga—. Encontrar ese esqueleto vestido de andrajos fue un gran consuelo para los padres de David que tanto lo buscaron. Ese hallazgo fue como un milagro para los pobres padres, y también para la esposa del ahogado, porque el padre de Blancaflor "ni corto ni perezoso" la declaró ¡viuda de una vez por todas! Lo que no entendí, y se lo pregunté al finado, fue: ¿Por qué ese cuerpo nadando en esa agua helada de nevera, como es el agua de la laguna, estaba en los puros huesos?. Debía estar más conservado. ¿No es así?

"Bueno, pues el cuento fue que los padres de David se llevaron su esqueleto a las carreras para darle cristiana sepultura en el cementerio de Pasto. ¡Era su hijo, no había de otra! Se dijo y se alegó por meses, que seguro el cuerpo llegó enterito a la orilla, pero que los animales que merodean por la comarca y las aves de rapiña se encargaron de convertirlo en osamenta. Por ese motivo lo que se encontró estaba irreconocible. Mientras tanto, desde un principio, poco a poco se habían ido extendiendo los rumores y chismes acusando a Felipe Molina Rueda de la desaparición de su yerno. Lo acusaban de que quería deshacerse del borracho de David por lo que andaba pregonando de su suegro, haciéndolo culpable del accidente de su padre don Celso para apoderarse de la hacienda. Pero Cesáreo me juró por el cacique Cumbe, que no fue así, que Felipe Molina no tuvo nada que ver en la muerte de su padre, ni en la de David Chamorro.

"El misterio de la desaparición del yerno de Felipe Molina, según dijo Cesáreo, no fue un crimen sino un accidente. ¿Cómo lo supo él? Porque él fue el único testigo. Me explicó que su patrón le dio orden de seguir a David Chamorro en su noche de parranda. Cesáreo lo siguió toda la noche, desde las cantinas hasta que fueron a la laguna. Desde su escondite, detrás de las rocas que circundan la laguna, se dio cuenta de lo que estaba pasando con los tres amigos. Resulta que ellos prendieron el motor de la lancha y cayeron al fondo del bote echando maldiciones en una gritería infernal de borrachos. Navegaron hasta el centro de la laguna. Allá, apagaron el motor y siguieron con su algarabía. Al poco tiempo, otra vez prendieron el motor y regresaron al embarcadero. Ayudaron a uno de ellos a salir de la lancha y lo metieron al carro. Uno se quedó y entró en la lancha, pero Cesáreo no supo si era David. La lancha salió disparada llevándose unas tablas del muelle y dando vueltas y vueltas sin nadie adentro. Cesáreo llegó hasta el embarcadero. Entonces vio a un hombre nadando hacia la lancha con el propósito de agarrarla, pero después de unos segundos ya no lo vio más. Los buzos no lo encontraron. Nadie encontró a David Chamorro.

"El misterio de la osamenta encontrada fue idea de Felipe Molina para terminar de una vez por todas con la espera de hacer viuda a su hija y quitarse de encima a sus consuegros. Para llevar a cabo su plan, ordenó a Cesáreo que buscase en el cementerio los restos de un hombre de unos tres años de fallecido; él le daría una camiseta y otras prendas de David Chamorro convertidas en harapos para vestir la osamenta. Cesáreo dejaría los restos a la orilla de la laguna en un lugar poco trajinado. Dos días después, Felipe mandó a Cesáreo y a uno de los trabajadores en busca de patos. El cuento es que el patrón quería otro testigo para el hallazgo de los restos de su yerno.

"Pero la purita verdad, la triste verdad, es que el cuerpo de David Chamorro esta allá en el fondo de la laguna, atrapado por *La Bolsa ¡La madre de la humanidad!*"

En este otro relato, Maclovia narra su versión acerca de la muerte de don Celso Molina:

"El accidente de don Celso Molina, dueño absoluto de *Tierra Alta* y esposo de Martina Rueda ocurrido en la carretera de Túquerres, se debió según las autoridades a una falla de los frenos del carro Ford, cuando don Celso regresaba a Cumbal con Gumercindo, su chofer. Ambos perecieron. Pero según los rumores, los chismes… el accidente fue provocado por unos frenos que se alteraron para que sucediera el accidente. Se dice que en Pasto un oscuro mecánico de garaje, pasado de copas, dijo a los cuatro vientos, en una cantina, que él sabía de alguien que había pagado una buena suma para hacerle un arreglito a los frenos de un carro y causar el accidente que le costó la vida a un personaje importante del resguardo. Como quien dice: *blanco es, gallina lo pone.*

"Y no van a creer ustedes, pero todo fue una gran mentira para culpar a Felipe Molina. Con el tiempo se descubrió que al mecánico sí le pagaron, pero no para que dañara los frenos, sino para que se inventara ese cuento y se lo soplara a David Chamorro, esposo de Blancaflor, quien por cierto era cliente asiduo de las cantinas. Se lo dijeron para que él lo repitiera, azuzado por sus compinches. David, el yerno de Felipe casado con su hija Blancaflor apenas hacía dos años, no demoró en salir con el chisme y pregonarlo como gran cosa a los clientes de las cantinas en Cumbal. Él no la iba bien con su suegro que le había dado un ultimátum: o dejaba de provocar escándalos en las cantinas de Cumbal o perdería a su mujer. Tampoco lo admitía en su casa cuando estaba pasado de tragos. El cuento de los frenos trabajados, llegó a los oídos del suegro y ya se imaginan la furia del Felipe. Más tarde se supo que todo ese *bruja—ja ja* lo causó una amante vengativa que quería cobrárselas a David por haberse casado con Blancaflor. El accidente de don Celso Molina, padre de Felipe, se quedó en el misterio. Nunca se supo la verdad de la verdad. Ambos accidentes, sin embargo, se atribuyeron a crímenes y se los colgaron a Felipe Molina Rueda. Pero Cesáreo me juró por su madre y el cacique Cumbe, que Felipe Molina no tuvo nada que ver en esas dos muertes".

Malentendidos

Una noche, de esas terriblemente frías de diciembre, Lorena, la madre de Blancaflor, nos mandó llamar para encontrarnos en el despacho de su fallecido esposo, pues quería hablar con nosotros en privado. La luz tenue de una lámpara alumbraba el lugar donde se me figura que se siente todavía la presencia de Felipe Molina. Blancaflor se sentó frente a su madre, y yo un poco más al fondo. Me preguntaba qué tema le inquietaría ahora a mi suegra. Después de un profundo suspiro, con su voz pausada de misterio, nos habló acerca del motivo de la cita:

"Primero que todo quiero decirles que los mandé llamar no para defender a Felipe, sino porque conozco las habladurías que corren por ahí y quiero aclarar *malentendidos* y revelarles ciertas situaciones y cosas que tal vez desconozcan y los tengan confundidos, sobre todo a ti, Blancaflor. Por favor, les ruego no me interrumpan.

"La carta que tú, Blancaflor, nos enviaste acerca de tu matrimonio con Pablo, le causó mucho desasosiego a tu padre. Esa carta fue como un puñal que le propinaste a su ya débil corazón. Después de leerla yo también me di cuenta de lo confundida que estabas. Pensaste que tenías que casarte con David y luego con Hernando para salvar a Pablo de la ira de tu padre y de una posible muerte. La verdad es que tu padre nunca quiso que él fuera tu esposo porque estaba convencido de que era un guerrillero.

"El día que lo encontraron abandonado y enfermo en un paraje de los volcanes, alguien le dijo a la policía que se trataba de un guerrillero que estaba muriéndose, y que lo habían llevado a la hacienda *Tierra Alta*. Una autoridad del resguardo le dijo a Felipe que usted, Pablo, era un guerrillero, alias *Canija*, del grupo que andaba tras de dos mujeres fugitivas de la guerrilla. Felipe lo creyó; él estaba convencido que esa era la verdad. Para salvar obstáculos, mi esposo se valía de la manipulación pero nunca mandó a matar a nadie. Con David, tu novio, se puso de acuerdo para que alguien te dijera, Blancaflor, que Pablo corría peligro, que podía desaparecer o ser arrestado como guerrillero. Y ya saben ustedes lo que les pasaba a los cautivos.

"Para tu segundo matrimonio, ya había un muerto: David, tu esposo. Pero yo te aseguro hija mía que tu padre no tuvo nada que ver con su accidente y su muerte. Yo sé, hija mía, que tú has estado convencida de que tu padre estuvo relacionado con ese hecho porque tu marido andaba pregonando por ahí que Felipe tuvo que ver con el daño de los frenos del carro de su padre. ¡Pero eso está muy lejos de ser verdad! Sin embargo, tu padre permitió que pensaras que él había tenido que ver con el accidente que le costó la vida. Por esta razón, te casaste con el militar para salvar a Pablo. Yo supe siempre del amor que se tenían ustedes. Sabía de sus relaciones en el volcán Chiles, aun cuando estabas casada, hija. No obstante, me callé y no dije nada a Felipe. Cuando Pablo vino a pedirte, me dolió la amenaza de Felipe a usted, Pablo. Pero pensé, ¿qué no hace un padre para salvar a una hija que él cree en peligro?

"Tu padre sufrió mucho después de leer esa carta que le escribiste y su salud se deterioró. Tienes que perdonarlo, hija mía, para que no siga penando en el purgatorio, lo mismo le digo a usted, Pablo, porque Felipe estaba mal informado. Después de leer la carta comentó que él los hubiese perdonado de haber conocido la verdad y habría asistido al matrimonio si lo hubiesen invitado".

Blancaflor se secó las lágrimas con el dorso de las manos y le refutó a su madre:

—Y usted, mamá, ¿por qué no dijo nada y dejó que yo siguiera creyendo en la culpabilidad de mi padre? Dejó que me casara engañada, no una, sino dos veces. Yo soy su hija, la hija de ambos, no soy una muñeca que llegó en una caja. Usted se daba cuenta de la manipulación de mi padre, y guardó silencio. ¿Dónde estaba el amor por una hija? Usted, mamá, piensa en el sufrimiento que le causé a mi papá con mi carta y quiere disculparlo. ¿Y los sufrimientos míos, durante años, de estar casada con hombres que no amaba? ¿Eso no cuenta? ¡Con los sentimientos no se juega! Quiero que piense en por qué Pablo dejó su vida en Bogotá, para venir al campo a este rincón olvidado del país. Lo hizo por mí, porque me ama. ¡Eso es amor! Y yo, lo hice por usted, mamá, para no dejarla sola ahora cuando tanto nos necesita. En cuanto a mi padre: deje que los muertos lloren sus penas, porque el juicio no viene de nosotros.

Escuché en silencio toda esa explicación de Lorena y también los argumentos de Blancaflor. Al final me dirigí a mi suegra:

—Dígame, doña Lorena, ¿cuál es el hilo natural entre la verdad y la mentira? ¿Y por qué, si la mentira se debe a rumores, confabulaciones, malentendidos, cuentos inventados, se deja allí encima de la mesa como si fuese una verdad? Y, aunque *la verdad, la absoluta verdad* rompa puertas, grite en las calles, se desparrame por la tierra, muestre testigos… los que acataron la mentira condenaron a esa verdad absoluta a quedarse detrás de la puerta porque así lo decidieron… ¡No es justo! Yo sé que Blancaflor algún día va a perdonar a su padre. Ella es una persona noble y no es amiga de venganzas y menos de guardar rencores. Y por mí no se preocupe, doña Lorena, para mí es fácil perdonar.

Ocaso en *La Riverita*

Desde hacía una semana, mi madre se debatía en la clínica entre la vida y la muerte. Una batalla que no pudo ganar. Una neumonía aguda terminó con su vida. La despedida fue muy triste porque no podíamos comunicarnos con ella como hubiésemos querido. Allá en el *Jardín de los Recuerdos* yace al lado de Jimena y Adrián, sus hijos. Allí duermen el sueño que no tiene despertar bajo el domo de un cielo, incandescente durante el día… y fresco en las noches, por la brisa que viene desde el mar y se cuela por entre el ramaje de los árboles. Jimena añoraba en la cueva del Chiles, dormir su último sueño en esos jardines, desde donde ella podría mirar en la noche un cielo bordado con estrellas y, en las noches de luna, ver la silueta azulada de los farallones en todo su grandioso misterio.

Recordé algo que dijo mi madre en el entierro de Adrián: *"Vivir en los corazones de los que te amaron, es como si nunca hubieses muerto."*

En estas historias de familia, la vida y la muerte se dan la mano. La familia se va terminando y van quedando pocos. En la casa de *La Riverita* éramos tantos en los primeros años y continuó así por algunos años, hasta que empezó el éxodo por las diferentes circunstancias que fueron acaeciendo en nuestras vidas: los estudios, mi secuestro, el viaje de Jimena para nunca volver, los matrimonios, el trabajo y la muerte. A final, se quedaron solos, mi padre y Asunción.

En mi última visita, para celebrar el cumpleaños de mi padre, encontré a Rocío en *La Riverita*. Ella siempre viaja desde de Bogotá para visitarlo. Yo trato de hacerlo cada mes.

¡La casa esta triste! Asunción dice que siente los pasos de mi madre y de Adrián rondando por los pasillos; oye voces y la risa de Jimena en el estudio; cierran y abren puertas; sombras... todo muy fantasmal. Ella piensa que los espíritus vienen de vez en cuando a visitar la casa . Por cierto, Asunción tiene una gatica calicó, de nombre *Amiga*, regalo de Rocío.

Mi padre ha tenido sus achaques, esos que vienen con los años y su salud no es muy buena. Veo que su semblante, su paso y su postura han desmejorado con la edad. En estos últimos años, le gusta sentarse en las mañanas en el jardín y por las tardes busca su sillón favorito para leer un rato, mirar televisión y dormitar.

Asunción, continúa encargada de la casa. Su entereza, valor y perseverancia para ayudar a mis padres fue única. Ahora, al lado de mi padre, sigue ocupándose de sus medicamentos y de su alimentación tal como lo hizo durante tantos años con Adrián, mi hermano. Rocío consiguió una mujer joven para que le ayude en los menesteres de la casa. Mi hermana siempre está pendiente de mi padre y lo visita a menudo, lo mismo Ximeno, su nieto y en ocasiones viene su sobrino Ernesto, dueño ahora de la ferretería.

Después del primer aniversario del fallecimiento de mi madre, nos quedamos con Rocío acompañando unos días más a mi padre. Antes de mi viaje a Cumbal ella me llamó al estudio porque quería hablar conmigo a solas. Me entregó un sobre de manila cerrado, que le había entregado mi madre para mí, antes de morir. Preocupada, me dijo:

—No sabía si entregarte este sobre para que lo leyeras. He esperado un año para pensarlo. Mamá me explicó de lo que se trataba y quiero que lo leas en privado para que puedas entender su contenido. Ella lo guardó por muchos años y no te lo dio junto con el primer folder porque pensó que quizá te iba a causar desasosiego. Sé que tú no vas a culpar a nuestro padre; eres un hombre inteligente y entiendes las circunstancias del problema psicológico de Adrián. La culpa de haber nacido nuestro hermano con problemas mentales, no es de nadie. Como seres humanos creamos a nuestros hijos y luego los recibimos como vienen. Los queremos y cuidamos con amor porque debemos tener en cuenta que ellos nunca nos pidieron que los trajésemos a este mundo. Por lo tanto, como padres tenemos una responsabilidad ineludible. Pienso que mi pobre papá ha llevado una carga terrible todos estos años debido a una decisión equivocada, que gracias a Dios no tuvo consecuencias. Hay que ponerse en sus zapatos para entender sus temores. Quiero decirte también que no te preocupes por Ximeno. Tiene buen carácter aunque es un poco taciturno. Con Eduardo lo queremos como a un hijo y él lo sabe. Pronto empieza a trabajar en un centro veterinario.

Diciendo esto nos despedimos con un estrecho abrazo. Esperé estar de regreso a San Benito para abrir el sobre y leer el escrito de mi madre.

Decía así:

"Para Pablo.

"Yo sabía desde antes de nacer que el hijo que crecía en mi vientre sería un ser muy especial. Lo presentí así, y por esto se lo comenté en secreto a mis padres y más tarde se lo dije a Daniel, mi esposo. Sabía también que Daniel no quería más hijos. "Tres hijos son suficientes. Ni uno más" sentenció, cuando le comenté que creía estar embarazada.

"Lo que no sospeché fue que Daniel después de mencionarle lo del embarazo, esa misma semana se puso en contacto con un médico de su confianza en Bogotá para que se encargase de mi problemita. Esto lo supe después, cuando una mañana viajamos a la capital y en la tarde fuimos a visitar el consultorio del médico.

"Ese día, después del almuerzo en el restaurante salimos apresuradamente del hotel y abordamos un taxi. Daniel le dio al conductor una dirección en la avenida décima. Y cuando llegamos frente a un edificio de cuatro pisos con una ancha escalinata, el taxista detuvo el carro. Habíamos llegado. Daniel preguntó al portero por el consultorio del médico.

"Subimos el ascensor y al salir en el tercer piso nos escurrimos por un pasillo color terracota hasta llegar a una puerta con placa al lado de la pared, que no tuve tiempo de leer, porque Daniel ya estaba frente a la recepcionista

"—Señorita, tenemos una cita con el doctor X. Llamé hace dos días a esta oficina y hablé con el doctor personalmente y me citó para las dos de la tarde de hoy.

"Ella miró el libro de consultas.

"—Sí, en efecto, es para hoy, a las dos de la tarde. Pero… siento informarle que el doctor está hospitalizado con neumonía.

"Daniel no podía creer lo que estaba escuchando y molesto en extremo le dijo a la persona detrás del escritorio:

"—Lo lamento de verdad, señorita, y dígame: ¿cuándo piensa usted que el doctor estará de regreso en su consultorio?

"—Señor, una neumonía es cosa seria, el doctor está muy delicado —respondió ella sorprendida y mortificada por la pregunta de Daniel.

"—Entiendo, señorita, pero por favor, ¿podría ser tan amable de llamarme cuando el doctor esté de regreso? Es un asunto muy importante y muy personal que tengo que dilucidar con él. Por ahora estoy hospedado en el hotel América. —De la billetera sacó una tarjeta y se la entregó.

"En el camino de regreso al hotel, le pregunté a Daniel cuál era el motivo de la consulta y por qué tanta premura. No respondió a mi pregunta. Una rabia contenida, una frustración que no entendí, habían dejado a Daniel sin habla. Preocupada, pensé que tal vez tenía una enfermedad terrible y no quería decírmelo y menos comentarme nada al respecto. No tenía idea que habíamos visitado la oficina de un ginecólogo ¡Todo fue tan rápido!

"En el avión de regreso a Cali, Daniel, resignado ya al destino, me explicó a medias sobre la cita con el médico y sus deseos de que perdiera la criatura. Mi asombro fue indecible. Jamás imaginé que Daniel quisiera valerse de algo tan contrario a su modo de ser y de pensar. Guardé silencio, un silencio que crujía retorciendo mis vísceras. No comenté absolutamente nada. Allá, en algún lugar de mi cerebro, algo me decía que todavía existía el peligro de que ese fulano médico se recuperara de la neumonía.

"Tres días después del fallido viaje a Bogotá, leí en El Tiempo la noticia sobre el fallecimiento del doctor X. A las honras fúnebres y sepelio invitaban su esposa, sus tres hijos y familiares. Una secreta felicidad embargó todo mi ser. Derramé calladamente un torrente de lágrimas que no podía contener. Mi hijo se salvó y para que esto sucediera tuvo que morir el ejecutor de la sentencia. Mi atraso mensual era solo de tres semanas, sin embargo, la intuición de madre me decía que este ser que apenas se estaba formando en mis entrañas ya estaba prendido a la vida; había ganado su primera batalla.

"Daniel no volvió a mencionar una palabra sobre lo que pasó ese día en Bogotá, y yo mucho menos.

Acostumbrada a sus silencios, había aprendido a no argüir.

"Secretos de familia que uno guarda toda una vida, pensando que quizás se borran para siempre si se dejan ocultos, si no se tocan. Pero no es así. A pesar de los años transcurridos, los secretos siguen allí grabados en la memoria por toda una vida como una lápida. Este día corrí las cortinas de la alcoba, miré al cielo resplandeciente de medio día y le dije a mi amigo de más allá del cielo:

"¡No creas, Señor! Yo sí tuve un miedito muy grande, porque imagínate, si ese médico se hubiese recuperado…

"Desde mis años de estudios en el colegio del Sagrado Corazón, adquirí la costumbre de hablarle a un ser allá en las alturas, sobre todo cuando me encontraba en encrucijadas como esta. Para mí el fallecimiento del personaje X fue muy oportuno; lo consideré un milagro. Desde ese momento yo supe que este hijo sería un ser muy especial, quizás con un destino importante. ¡Ah!, pero la vida nos sorprende a veces con eventos que no tienen ni pies ni cabeza, porque con optimismo pensamos que somos invulnerables. Nos olvidamos que a lo largo de la vida caminamos en una cuerda floja. ¡La vida es tan frágil!

"Los nueve meses de espera para el nacimiento de mi hijo estuvieron llenos de expectativas. Asunción, la joven ayudante de la casa, encargada de Adrián,

siempre fue mi confidente para hablar de todas esas levedades del tiempo de espera del embarazo que progresaba mes por mes. Con ella, confeccionamos ropita de bebé, compramos pañales, teteros, y todo lo necesario para los primeros meses de vida del recién nacido. Decidí secretamente, desde el tercer mes de embarazo, educar a ese ser que palpitaba en mis entrañas. Le llamé Pablo, siempre me gustó ese nombre. Le leí poesías, cuentos de aventuras infantiles y fábulas. Le hice escuchar música de grandes compositores como Chopin y Schubert. Desde el quinto mes le fui enseñando nombres de su próxima familia, de sus hermanitos: Jimena, Rocío y Adrián, de su padre y de Asunción... y hasta del perrito Toto, Pensaba que así, cuando abriera los ojos a luz, ya sabría quién era quién en su entorno.

"Este siete de julio a la tres de la mañana y sin muchos preámbulos, Pablo nació a la vida. En la clínica fui recibida en urgencias porque la criatura ya estaba casi fuera de mi cuerpo. Daniel recibió a su hijo con una alegría reservada. En sus ademanes se le notaba una preocupación que no podía disimular. Le preguntó al médico de una manera casual si el bebé le parecía normal.

"—Es una criatura sana, ¡listo para empezar una vida! —le contestó el médico a Daniel, dándole unas palmaditas en la espalda.

"Yo entendí desde un principio su terrible ansiedad durante mis nueve meses de embarazo. La expe-

riencia con Adrián, mi tercer hijo, tres años antes, lo dejó a Daniel traumatizado para toda una vida. En ese entonces, pocos meses después de haber nacido Adrián, el médico tuvo una conferencia con Daniel para informarle que su tercer hijo tenía problemas cerebrales. Esa era una de las razones, sino la única, para que Daniel no quisiera traer más hijos a este mundo.

"Recuerdo que en los primeros años el pronóstico de los neurólogos que se consultaron para el caso de Adrián, estuvieron de acuerdo en que en mis genes maternos estaba el problema. En mi familia, por los lados de la rama maternal, quién sabe desde qué generación hubo casos similares. Sin embargo, otros médicos opinaron que quizá a mi pobre hijo Adrián le faltó oxígeno al nacer".

Epílogo

Desde un ventanal en la casa de la hacienda *Tierra Alta*, miro el paisaje de montañas allá, no muy lejos después de las colinas… y me siento afortunado de estar aquí en esta tierra de volcanes. Embrujado, he vivido desde los años de mi juventud, desde que conocí esta exuberante región de mi patria. Blancaflor está conmigo y en este verano mis hijos están también con nosotros. Esto me hace feliz.

En algunas noches de menguante he visto desde la ventana de la alcoba *"la luz en los volcanes"* que, tal como si fuesen las llamas de una fogata, aparecen y desaparecen por instantes. Otras veces, semejan un lucero titilante que cayó del firmamento, para desaparecer en segundos. En las noches de sueño profundo mi espíritu parece volar como una pluma de cóndor a la cima del Cumbal, donde está la caldera, y desde allí, escaneo el universo en todo su misterio.

La Tierra siempre fue una gran curiosidad durante mi vida entera. Un planeta que apenas si se distingue en la Vía Láctea de un universo, más allá de nuestra imaginación. Es tan maravilloso este planeta en su composición de tierra y fuego, de aire y cielo, de agua y tierra… Un planeta capaz de sostener toda una compleja humanidad de razas, la más increíble variedad de los reinos mineral, animal y vegetal… Formamos parte del más grande misterio de la Tierra: *La vida*. Algo todavía inescrutable.

Después de leer el escrito de mi madre sobre mi nacimiento, me quedé pensando en lo que es la vida… y en medio de mis cavilaciones, me pregunto: ¿cuántos estaremos aquí, en este planeta, solo por accidente? Dos personas hacen el amor, y por esa relación de pasión empieza una vida en el vientre de la mujer. Si tenemos suerte somos creados con amor. Otros lo fueron solo por casualidad… por razones que es mejor no traer al caso. De todos modos, creo que los seres humanos, los que tuvimos la suerte de nacer, abrimos los ojos a la *Luz*, a la divina *Luz* y vinimos a ocupar un espacio en este planeta llamado Tierra. ¡Somos más que privilegiados!

En lo que a mí se refiere, pienso que tuve la más extraordinaria suerte, porque tuvo que morir un hombre, para que yo, Pablo, ¡pudiera seguir con mi vida!

No importa cómo fuimos concebidos, no importa cómo salimos a la *Luz*. Nacemos frágiles criaturas y crecemos de alguna manera para habitar esta tierra de paisajes de mar, de cielo, de montañas, de vientos, de lluvias, de sol y de luna, de aves que cruzan el espacio, de árboles y flores, de música y poesía y sobre todo, de amor. ¡Tantas amenidades para la vista y los sentidos! El gran regalo de la naturaleza, para ayudarnos a vivir. Y me pregunto: ¿Hay algo más hermoso que la vida?

Para mi padre, el dilema de mi génesis fue sin duda un pesado fardo que llevó siempre consigo, ese deseo frustrado de un hijo que no quería traer a este mundo por el temor de lo que representaba otro hijo como Adrián. No fue su culpa, nunca lo fue. Y en lo que respecta a mí: Tuve la gran suerte de nacer. ¡Eso es todo!

Fin.

www.ingramcontent.com/pod-product-compliance
Lightning Source LLC
LaVergne TN
LVHW011004200726
843509LV00011B/984